리턴마스터

리턴 마스터 2

류승현 장편소설

초판 1쇄 찍은 날 § 2017년 8월 21일
초판 1쇄 펴낸 날 § 2017년 8월 28일

지은이 § 류승현
펴낸이 § 서경석

총괄팀장 § 최하나
편집책임 § 이지연
디자인 § 신현아

펴낸곳 § 도서출판 청어람
등록번호 § 제387-1999-000006호
등록일자 § 1999. 5. 31
어람번호 § 제1-2752호

주소 § 경기도 부천시 원미구 부일로 483번길 40 서경B/D 3F (우) 14640
전화 § 032-656-4452 팩스 § 032-656-4453
http://www.chungeoram.com
E-mail § chungeorambook@daum.net

ISBN 979-11-04-91431-7 04810
ISBN 979-11-04-91429-4 (세트)

2

류승현 장편소설

리턴 마스터

FUSION FANTASTIC STORY

리턴마스터

Contents

나.

그리고 램지, 빅터, 커티스, 빅맨, 도미닉, 스네이크아이.

우리는 말없이 계속해서 한밤중의 사막을 걸었다.

그렇게 30분 정도 지났을까.

뒤쪽에 있던 빅터가 옆으로 따라붙으며 물었다.

"레너드, 이제 말해도 되나? 좀 전에 무슨 일이 있던 거지?"

"교섭을 통해……."

나는 혹시 루도카가 아직도 근처에 있는지 먼저 주변을 살폈다.

"…추적자를 물리쳤습니다."

"교섭? 그 알 수 없는 이야기가 교섭이었나? 정령사니, 운명이니 하던 게?"

"그걸 들으셨습니까?"

"난 귀가 좋거든."

빅터는 자신의 귀를 손가락으로 두드렸다.

"대충 무슨 소리 하는지는 다 들었어. 그런데 정말인가? 너는 정말 정령사였던 거냐? 정령사가 정확히 뭐 하는 건지는 모르지만……"

"아닙니다."

나는 고개를 저었다.

"전부 거짓말입니다. 실은 저도 정령사가 뭔지 모릅니다. 그저 녀석을 속여 넘기기 위해 연기를 한 것뿐입니다."

"휘유, 그게 다 연기였다고?"

빅터는 혀를 내둘렀다.

"할리우드 뺨치는 연기력이군. 사기꾼으로 전직하면 대성할 수 있겠어. 하지만… 뭔가 알 수 없는 것들을 줄줄이 말하던데? 전부 스캐닝으로 알아낸 건가?"

물론 아니다.

나는 세 번의 죽음을 통해 루도카의 비밀을 알아냈다. 하지만 당장 '시공간의 축복'에 대해 설명할 생각은 없었다.

그래서 당연한 듯 대답했다.

"네, 맞습니다. 전에도 말씀드렸듯이 제 스캐닝 능력은 특별

합니다. 상대의 이름은 물론이고 여러 가지 정보가 보입니다."

"…그렇군. 전에 우리들의 풀 네임도 맞췄었지."

빅터는 고개를 끄덕였다. 그리고 날카롭게 치고 들어왔다.

"그래서 내가 군대 출신이란 것도 스캐닝 능력으로 알아낸 건가?"

"…역시 군인이었습니까?"

"델타에 있었지. 알고 있으니 좀 전에 수신호를 보낸 게 아닌가? 스캐닝으로 보면 내 이름 옆에 '전직—군인'이라고 표시라도 되어 있나?"

"그렇지 않습니다."

나는 천천히 고개를 저었다.

"당신과 커티스가 군 출신이라는 것은 말투나 분위기로 짐작했습니다. 저도 군인이었으니까요."

"네가?"

"그렇습니다."

"그 나이에?"

"네."

"어느 부대에 있었지?"

"저는 한국인이라 말해봤자 모를 겁니다. 자세한 건… 다음에 말씀드리도록 하죠."

빅터는 코웃음을 치며 한발 물러났다.

"숨기고 싶은 게 있나 보군. 기껏해야 스무 살밖에 안 먹은 주제에."

"스물한 살입니다."

나는 웃으며 나이를 정정했다.

그러자 여전히 침묵하던 커티스가 앞으로 나서며 물었다.

"너도 군대 출신이라고?"

"그렇습니다."

"음… 그렇다면 자원입대라도 했나 보군. 계급이 뭐지?"

"당장은 비밀로 해두죠."

"비밀이라… 뭐, 좋아. 어쨌든 방금 그 녀석, 대체 얼마나 강했던 거지?"

커티스는 그것이 가장 궁금했던 모양이다. 나는 루도카의 스텟을 떠올리며 대답했다.

"저 따위는 상대도 안 될 만큼 강력했습니다. 제 레벨이 5라면 녀석의 레벨은 24 정도입니다."

그것은 비유가 아니라 사실이었다. 하지만 커티스는 눈살을 찌푸리며 빈정거렸다.

"레벨은 무슨, 이게 게임이냐? 설명 좀 제대로 해라."

"쉽게 말하자면… 녀석은 마법사였습니다. 그런데 마법을 안 써도 저보다 몇 배는 강했습니다. 이 정도면 이해하시겠습니까?"

커티스는 눈살을 찌푸렸다. 나는 이해했다는 의미로 받아들이며 화제를 돌렸다.

"그보다 지금부터 어떻게 합니까? 그냥 이대로 사막을 횡단하면 되는 겁니까?"

"내가 염탐했던 간수들의 이야기를 종합해 보면."

커티스는 손가락으로 서쪽을 가리키며 말했다.

"이 사막은 신성제국과 '안티카'라는 왕국을 가르는 자연 국경이다. 즉, 사막을 넘어가면 안티카라는 새로운 나라가 나온다는 거지."

"안티카라면……."

나는 30분 전에 만났던 루도카와의 대화를 떠올렸다.

'루도카가 사랑한다는 '셸리아'라는 여자가 바로 그 안티카라는 왕국의 왕녀였다. 그런데 그 여자를 사랑하는 것 자체가 신성제국의 황족으로서 금기라고 했지. 그렇다면 두 나라는 적대국인가?'

그것은 지극히 당연한 추리였다.

그렇다면 반가운 이야기다.

레비그라스 차원 안에도 여러 개의 세력이 존재하며 서로를 적대하며 파벌을 이루고 있다.

내 목표는 신성제국이 지구인을 강제로 소환해서 귀환자로 만드는 것을 막는 것이다.

그저 신성제국이 '레비그라스 차원' 전체를 뜻하지 않는다는 것만으로 다행이었다.

거기서 한발 더 나가, 신성제국의 적대국과 내가 힘을 합친다면?

'하지만 그 전에 할 일이 있어.'

나는 주먹을 움켜쥐며 생각했다.

루도카는 강했다.

도저히 이길 수 없었다. 때문에 사기를 쳐서 편법으로 위기를 극복했다.

하지만 되도록 이런 외줄 타기는 하고 싶지 않다.

어차피 죽음을 통해 위기를 극복해야 한다면, 가능한 전투를 통해 극복하고 싶다.

그것을 위해서 난 지금보다 훨씬 더 강해져야 한다.

그때 커티스가 걸음을 멈췄다.

"여기까지다."

그는 50미터쯤 떨어진 곳에 서 있는 돌기둥을 가리키며 말했다.

"내가 사막으로 정찰을 나왔던 곳은 여기까지다. 저 돌기둥 너머에 바위 지대가 있고, 그 이상은 가보지 못했다."

사막 한가운데 돌기둥이 있는 것도 이상했지만, 그 너머에 있다는 '바위 지대'는 단어 자체를 이해할 수 없었다.

나는 멀리 어둠 너머를 살피며 물었다.

"바위 지대가 뭡니까?"

"말 그대로 바위들이 널려 있는 곳이다. 밤이라 여기선 안 보이지만 직접 보면 장관이지. 사람보다 큰 덩치의 바위들이 끝도 없이 펼쳐져 있다."

"그곳은 사막이 아닌가요?"

"불모지라는 점에서는 비슷하다. 하지만 실제로 들어가 보지 않아서 정확히는 모른다."

커티스는 고개를 저었다. 나는 더 이상 묻지 않고 돌기둥을 향해 앞장서 걸었다.

낮에는 찌는 듯이 더웠지만, 밤에는 영하에 가까울 정도로 춥다.

나는 노인인 램지를 떠올리며 뒤를 돌아보았다. 램지는 빅맨의 등에서 내려 자신의 발로 걷고 있었다.

"괜찮습니까, 램지 씨?"

"아, 물론이네, 레너드. 죽을 나이도 아닌데 언제까지 업혀 다닐 수는 없지."

램지의 주름진 얼굴에 미소가 번졌다. 나는 마음이 편해지는 것을 느끼며 고개를 끄덕였다.

            *   *   *

팟!

문주한 준장이 반지를 낀 순간, 그의 몸이 빛의 알갱이로 흩어지며 순식간에 사라져 버렸다.

남은 것은 입고 있던 옷과 무기뿐이었다.

박 소위는 주한이 사라진 자리를 멍하니 바라보다 말했다.

"준장님이… 몸만 쏙 빠져서… 사라지셨군."

"엥? 몸도 과거로 가는 거였어? 20년 전의 자신의 몸으로 돌아가는 거 아니야?"

규호가 어처구니없다는 표정으로 물었다. 그러자 가만히 서 있던 스텔라가 대답했다.

"아니, 주한은 육체를 가지고 돌아간 게 아니야."

"그럼 대체 어떻게 된 겁니까, 스텔라? 원래 회귀의 반지를 끼면 이렇게 육체가 사라지는 겁니까?"

"맞아, 박 소위."

스텔라는 주한의 옷가지를 향해 걸음을 옮겼다.

"그리고 난 너희들에게 거짓말을 했어."

"네?"

"회귀의 반지는 20년 전의 자기 자신에게로 회귀하는 게 아니야."

"뭐라고?"

순간 규호가 주먹을 움켜쥐며 스텔라의 앞을 가로막았다.

"지금 이 아줌마가 뭐라고 한 거야? 어이, 아줌마! 설마 그동안 우릴 속였던 거야? 대장을 함정에 빠뜨리려고?"

"잠깐. 침착해라, 규호."

박 소위가 급하게 규호의 팔을 잡으며 말렸다. 규호는 젊은 혈기를 참지 못한 채 소리쳤다.

"뭘 침착해, 진성이 형! 지금 이 여자가 우릴 속였다고 했잖아!"

"회귀의 반지는 언제나 만들어진 그 순간으로 돌아가게 돼."

스텔라는 싸울 마음이 없다는 듯 양팔을 펼쳐 보였다.

"그게 정확히 언제인지는 몰라. 대충 20년에서 25년 사이인 것 같지만."

"뭐? 그러면… 그냥 20년이 아니라 25년 전으로 돌아갈 수도 있다는 거야? 그것뿐이야?"

규호는 금방 화를 누그러뜨리며 물었다. 스텔라는 고개를 끄덕이며 규호의 곁을 지나갔다.

"맞아. 그런데 자신의 몸이 아니라 다른 누군가의 몸으로 돌아가게 돼."

"뭐?!"

"뭐라고?"

규호와 박 소위가 동시에 소리쳤다.

스텔라는 주한의 옷가지 사이에 떨어져 있는 커다란 반지를 주워 들며 말했다.

"이건 그런 물건이야. 강제로 과거의 인물의 영혼을 밀어내고, 대신 그 자리를 자신의 영혼이 차지하게 만들어."

"그렇다면 육체가… 바뀐다는 말입니까?"

"맞아, 박 소위. 그 누구의 몸으로 들어가게 될지는 아무도 몰라."

스텔라는 반지를 검지에 끼운 채 빙글빙글 돌렸다. 박 소위는 마른침을 삼키며 물었다.

"그렇다면… 지금쯤 준장님은 자신이 아닌 다른 누군가의 몸으로 깨어나셨다는 말입니까? 스텔라! 어째서 그걸 숨겼습니까? 덕분에 준장님이 얼마나 당황하셨겠습니까!"

"물론 당황했을 거야, 아무리 그 주한이라도. 다른 사람의 몸에, 그것도 지구가 아닌 레비그라스에서 깨어났을 테니까."

순간 세 사람 사이에 정적이 찾아왔다.

정적을 깬 것은 규호였다.

"잠깐! 아줌마, 지금 뭐라고 했어? 지구가 아니라 레비그라스라고?"

"맞아. 그래서 주한에게 숨긴 거야. 사실을 알면 가지 않으려고 했을지도 모르니까."

"이 아줌마가! 지금 나랑 한판 붙자는 거지!"

순간 규호의 오른손에 불길이 맺혔다.

동시에 박 소위가 규호의 몸을 덮치듯 누르며 속삭이듯 외쳤다.

"규호야! 힘을 쓰면 안 돼! 지금 저쪽에서 괴물들이 싸우고 있는 거 몰라?"

"아니, 나도 아는데 저 망할 아줌마가……."

규호는 이를 갈며 멀리 밤하늘을 노려보았다.

그곳엔 여전히 우주 괴물과 소드 마스터가 끝나지 않는 화려한 전투를 벌이고 있었다.

"이해해 달라고 말하진 않겠어."

스텔라는 돌리던 반지를 멈추며 말했다.

"난 주한을 믿어. 그러면 반드시 레비그라스 차원에 강제로 소환된 우리들을 구해줄 거야."

"하지만 스텔라! 준장님은 자신의 육체로 돌아간 게 아니지 않습니까!"

"육체는 상관없어."

스텔라는 고개를 저었다.

"생각해 봐. 20년 전의 주한의 몸이라고 딱히 대단할 건 없지 않을까? 중요한 건 기억과 경험이야. 그리고 영혼이고."

"스텔라……."

"하지만 두 사람 모두 걱정 마. 나는 주한을 혼자 내버려 두지 않을 거니까."

스텔라는 그렇게 말하며 엄지와 검지에 동시에 반지를 끼웠다.

그와 동시에 스텔라의 몸이 빛의 알갱이가 되어 순식간에 소멸했다.

"…비켜, 진성이 형."

규호는 자신을 누르던 박 소위를 밀치며 몸을 일으켰다.

"난 처음부터 저 아줌마가 마음에 들지 않았다고. 빌어먹을! 대장이 좋아해서 그냥 봐준 거라고, 이 망할 아줌마야! 우리 모두를 감쪽같이 속이다니!"

"규호야, 진정해."

뒤로 밀쳐진 박 소위는 기계 팔에 묻은 흙먼지를 털며 말했다.

"이제 와서 뭘 어쩌겠냐? 지금이라도 진실을 알았으니 다행이지."

"다행은 뭐가 다행? 아오! 형은 어떻게 이렇게 침착할 수 있어? 지금 우리가 했던 그 고생이 전부 개고생 된 거잖아!"

"아니, 그렇지 않아."

박 소위는 고개를 저으며 스텔라의 남은 옷가지를 이리저리 훑기 시작했다.

규호는 눈살을 찌푸리며 물었다.

"형? 지금 뭐 하는 거야? 왜 그 아줌마 옷은 주물럭거려? 갑자기 변태라도 된 거야?"

"…그럴 리가. 내 배꼽 아래가 전부 기계인 거 모르냐?"

진성은 쓴웃음을 지으며 회귀의 반지를 집어 들었다.

"내가 다행이라고 한 건, 이 회귀의 반지가 일회용이 아니란 걸 알았기 때문이야."

"아……."

"그러니까 우리도 갈 수 있는 거야, 규호야. 우리도 레비그라스 차원으로 가서 준장님을 도와 드려야 하지 않겠냐?"

"뭐?"

규호는 순간 움찔거렸다.

"아니, 잠깐. 거긴 판타지 차원이잖아? 괴물들이 득시글거릴 텐데 내가 무슨 도움이 되겠어? 그리고 나는 20년 전에 태어나지도 않았다고. 심지어 25년 전으로 갈 수도 있다며!"

"그건 상관없어. 어차피 자기 몸으로 돌아가는 것도 아니니까. 물론 누군가의 불쌍한 영혼이 사라지겠지만……."

박 소위는 차분한 눈으로 회귀의 반지를 바라보았다.

"어쨌든 나는 갈 거다. 강요는 안 할게. 하지만 너도 와라, 규호야. 혼자 남아봤자 쓸쓸할 뿐이야."

"진성이 형……."

"그럼, 과거에서 다시 보자."

박 소위는 자신의 엄지와 검지에 동시에 반지를 끼웠다.

파직!

동시에 박 소위의 몸이 빛의 알갱이로 변하며 사라졌다.

혼자 남은 규호는 한동안 침묵했다.

그렇게 얼마나 시간이 지났을까.

"킥, 킥킥……."

규호는 박 소위가 사라진 자리를 바라보며 웃음을 터뜨리기 시작했다.

"큭… 하하하하! 이 형 좀 보게? 뭘 또 이렇게 많이 남기고 간 거야?"

진성이 사라진 자리엔 그가 몸에 끼우고 있던 무거운 기계

몸들이 고스란히 남아 있었다.

규호는 어쩐지 그게 우스웠다.

"하하… 쳇, 그래. 나라고 별수 있겠어?"

규호는 기계 부품 사이에 떨어져 있는 회귀의 반지를 주워 들며 중얼거렸다.

"인간이 하나도 안 남았는데… 혼자 벽 보고 떠들어댈 수도 없고……."

그 순간, 밤하늘이 맹렬한 빛을 내며 번쩍였다.

"엥?"

규호는 깜짝 놀라며 몸을 숙였다.

그사이, 소드 마스터를 해치운 우주 괴물이 끔찍한 괴성을 지르며 움직이기 시작했다.

쿠오오오오오어어어어어어!

"아오, 저 망할 괴물……."

규호는 이를 갈았다.

전투에서 승리한 우주 괴물은 규호가 몸을 숨긴 폐허를 향해 빠른 속도로 움직이기 시작했다.

"들킨 건가? 망할… 그럼 선택의 여지가 없네. 나는 내 몸이 좋은데 말이야."

규호는 어깨를 으쓱였다.

그리고 앞서간 세 사람이 했던 것처럼 엄지와 검지에 동시에 반지를 끼웠다.

그것이 마지막이었다.

이로써 지구에 남은 모든 인류는 단 한 명도 빠짐없이 깨끗하게 멸종했다.

• 13장 •
진실

바위 지대는 말 그대로 바위로 가득한 땅이었다.

사막의 모래 위로 큼지막한 바위들이 끝도 없이 펼쳐져 있다.

덕분에 일행의 이동 속도가 느려졌다. 하지만 달리 돌아갈 방법도 없기 때문에 계속해서 전진하는 수밖에 없었다.

그렇게 서너 시간쯤 지났을까. 일행의 중앙에서 걷던 빅터가 휴식을 제안했다.

"앞으로 몇 시간 더 지나면 동이 트겠지. 레너드? 이쯤에서 자리를 잡고 텐트를 치는 게 좋겠어. 아무래도 대낮에 움직이는 건 위험하니 말이야."

"텐트요?"

나는 걸음을 멈추며 뒤를 돌았다.

빅터는 배낭을 내려놓고 허름한 천막을 꺼내 펼치고 있었다.

"수용소의 지하실에서 챙겨온 거다. 사막의 직사광선을 막아줄 수 있을 거야."

그러고는 커티스와 도미닉과 함께 주변의 커다란 바위에 천막을 고정시키기 시작했다.

나는 그제야 한숨 돌렸다. 그리고 뒤쪽에 우두커니 서 있는 빅맨을 향해 걸어갔다.

"빅맨, 램지 씨는 어떤가요?"

"잠들었다."

빅맨은 무뚝뚝한 말투로 대답했다. 램지는 그의 등에 업힌 채 코를 골며 잠들어 있었다.

노인에게 있어 사막 횡단은 그것만으로 목숨을 걸 만큼 힘든 일일 것이다.

그사이 바위에 천막을 치던 팀들이 욕지거리를 하며 투덜거리기 시작했다.

"이 빌어먹을 천막이……."

"홀리, 쉿!"

"뭐가 이렇게 안 되지?"

사실 테이프나 밧줄도 없는데 천막을 바위에 고정시킨다는 게 쉬울 리가 없다.

그들은 바위 위에 천막을 걸치고, 그 위에 돌을 얹는 방법을 쓰고 있었다.

하지만 천막 자체의 무게에 의해 자꾸 빠지고 돌이 흔들려 계속 무너진다.

나는 한숨을 쉬며 주위를 살폈다.

그리고 온 힘을 다해 사람 키만 한 바위들을 집어 들고, 조금 떨어진 곳에 겹쳐 쌓기 시작했다.

쿵.

쿠궁.

콰득…….

"…음?"

한참을 끙끙대던 남자들은 그제야 천막 치는 걸 포기하고 내가 하는 작업을 지켜보기 시작했다.

"진짜 엄청난 힘이군."

등 뒤로 빅터의 감탄한 목소리가 들렸다.

확실히 그럴 만하다. 내가 쌓고 있는 바위들은 하나같이 무게가 200㎏은 넘을 법한 육중한 바위니까.

하지만 내 힘도 기본 스텟만으론 한계가 있었다. 때문에 결국엔 오러를 발동해서 추가적인 힘을 끌어내야 했다.

그렇게 한 시간쯤 지났을까.

사막의 바위 지대 한가운데 북극의 이글루를 연상시키는 바위 구조물이 새롭게 만들어졌다.

그것은 내부에 열 명의 남자가 누울 수 있는 크기였다.

전부 다 만들고 나서야, 나는 필요 이상으로 오버했다는 사실을 깨달았다.

"헉… 헉… 헉……."

나는 거친 숨을 몰아쉬며 내가 만든 바위 굴을 살폈다.

그러자 말없이 지켜보던 커티스가 배낭에서 꿀병과 물통을 꺼내 내밀었다.

"레너드, 당장 물부터 마시는 게 좋겠군. 여기 벌꿀도."

"아… 감사합니다."

나는 사양하지 않고 벌꿀 한 병과 1리터의 물을 마셨다.

이렇게 마셔대다간 금방 물이 부족해질 것이다.

하지만 지금은 마시지 않고서는 견딜 수가 없었다. 그러자 빅터가 다른 동료들과 함께 동굴 속으로 짐을 밀어 넣으며 말했다.

"오러는 정말 대단하군. 이게 정말 지난 며칠 사이에 새로 생긴 힘인가?"

"그렇습니다, 후우……."

나는 긴 한숨을 내쉬었다. 그리고 스스로의 능력치를 확인했다.

근력: 54(134)
체력: 33(117)
내구력: 58(72)

정신력: 78(90)

항마력: 48(88)

특수 능력

오러: 52(100)

마력: 0

신성: 0

저주: 15(15)

초월: 시공간의 축복 − 죽으면 5분 전으로 회귀. 하루 5회

초월: 스캐닝(최상급) − 하루 10회

체력을 포함해서 대부분의 스텟이 큰 폭으로 떨어졌다.

그만큼 지난 한 시간 동안 내가 쏟아낸 힘이 엄청났다는 이야기다.

하지만 그보다 신경 쓰이는 것은 특수 능력의 '저주' 스텟이 또다시 올라갔다는 점이다.

12에서 15가 되었다.

'저주도 능력이라면 능력인데… 하지만 어째서 올라가는 거지? 바위 동굴을 만들어서 오른 건가? 저주 스텟은 육체를 단련하면 오르는 건가? 그게 아니라면……'

내가 주목한 것은 네 번째 퀘스트에 달려 있는 부가 설명이었다.

퀘스트4: 레비교의 신관을 30명 제거하라(중급) — 현재 4명 제거

확실히 나는 몇 시간 전에 네 명의 간수를 죽였다.

그리고 루도카의 말에 따르면, 그들의 실체는 빛의 신 레비를 믿는 레비교단의 하급 신관이었다.

그렇다면 저주 스텟이 오른 이유가 신관을 죽였기 때문인가?

아니면 단순히 사람을 죽여서?

지금으로선 알 수 없다.

나는 이 방면에서 가장 높은 스텟을 가진 빅맨에게 시선을 돌렸다.

빅맨은 잠이 든 램지를 바위 굴 안에 눕힌 다음 나를 마주 보았다.

그는 무표정한 얼굴과 어색한 영어로 한마디 했다.

"이 집은 좋다. 너 강하다."

나는 쓴웃음을 지으며 고개를 끄덕였다.

"감사합니다. 그런데 빅맨? 당신에게 궁금한 게 있습니다."

"……."

빅맨은 말없이 날 노려보았다.

터키인이라 영어를 잘 못해서 내 말을 이해하지 못한 걸까?

둘 사이에 한동안 어색한 침묵이 이어졌다.

그리고 잠시 후, 짐을 전부 옮긴 빅터가 내 어깨를 두드리며 말했다.

"자, 여기서 이러지 말고 안에 들어가서 이야기하지. 천막을 바닥에 깔아서 누울 수도 있어."

"아, 감사합니다."

"감사? 감사는 내가 해야지. 우리를 이 궁궐 같은 집에서 쉴 수 있게 해줬으니까."

빅터는 윙크를 하며 안으로 들어갔다. 나도 따라 들어가며 동굴에 깔려 있는 천막 위에 주저앉았다.

"하아아아……."

그렇게 주저앉은 순간, 육체는 물론 정신적인 피로가 한꺼번에 몰려오기 시작했다.

그야말로 앉자마자 잠들 지경이다.

'그래도 체력 스텟이 33이나 남아 있었는데, 이 끔찍한 피로는 대체 뭐지? 체력이 33이면 평범한 인간이 가질 수 있는 거의 최대급의 체력일 텐데?'

나는 억지로 정신을 차리며 주위를 살폈다.

도미닉 혼자서 동굴 밖에서 정찰을 하고 있고, 램지는 한쪽 구석에 누워 코를 골고 있었다.

나머지는 모두 바닥에 앉아서 날 바라보고 있다. 나는 쓴웃음을 지으며 나지막한 목소리로 말했다.

"저는 지금 당장에라도 자고 싶군요."

"어차피 대낮에는 움직이지 않을 테니까. 그때 가서 실컷 자도록 하지."

빅터가 딱 잘라 말했다.

동굴 안이 워낙 어둡다 보니, 흑인인 그의 몸에서 구분할 수 있는 거라곤 오직 눈동자뿐이었다.

"그러니 이야기를 좀 하지, 레너드. 우린 궁금한 게 아주 많아. 여기서 좀 해결해 줄 수 없겠나?"

"…알겠습니다."

나는 빠르게 정신을 차리며 대답했다.

드디어 올 것이 왔다.

모두들 나에게 의문을 가질 수밖에 없다.

당연한 일이다. 내가 가진 다양한 지식의 획득 경위는 물론, 내가 보여준 모든 불합리한 행동은 정상적인 범주에선 결코 이해할 수 없을 테니까.

그러면서도 항상 결과는 최선을 이끌어 냈다.

아마도 궁금해 미칠 지경이겠지…….

하지만 지금까지는 그 의문을 노골적으로 드러내지 않았다.

어차피 탈출에 실패하면 모두가 죽은 목숨이었다. 때문에 의문보다는 결과에 집중할 수밖에 없었다.

하지만 지금은 자유의 몸이 되었다. 이제 드디어 의문을 해결할 순간이 찾아온 것이다.

"레너드, 너 스스로도 느끼고 있을 테지."

빅터는 차분한 목소리로 운을 뗐다.

"사실 나는 몇 달 전부터 널 주시하고 있었다. 깡마른 녀석이 1번 타자가 되어 훈련에 나섰을 그때부터 말이야. 당연히 죽을 거라고 생각했는데 용케도 계속 살아남고 버티더군."

나는 침묵으로 답했다. 빅터는 어깨를 으쓱이며 말을 이었다.

"그때는 그저 쓸 만한 녀석이라고 생각했다. 몸도 꽤 민첩하고, 눈치도 빠른 그런 녀석 말이야. 그런데 언제부턴가… 넌 완전히 다른 사람이 됐지."

"네. 많이 변했죠."

나는 가볍게 대답했다.

그러자 빅터는 고개를 저었다.

"아니야. 변한 정도가 아니라 완전히 다른 사람이 됐어. 하지만 일부러 캐묻진 않았다. 우린 그보다 중요한 일이 있었으니까. 그런데 지금은 그 중요한 일을 달성했고, 이제는 너도 알다시피… 질문을 할 시간이 된 것 같다."

빅터는 어둠 속에서 자세를 고쳐 앉았다.

그리고 나는 더 이상 모든 것을 감출 수 없다는 것을 직감했다.

내가 선택할 수 있는 길은 두 가지였다.

하나는 내가 지금으로부터 24년 후의 미래에서 회귀한 인류 저항군의 준장인 문주한이라는 것을 밝히는 것.

그리고 또 하나는 내가 어떤 특별한 계기로 하루에 다섯 번까지 죽어도 되는 힘을 얻었다는 것을 밝히는 것.

물론 둘 다 말할 필요는 없다.

둘 중에 하나만 밝혀도 충분하다. 나는 그것만으로 다른 모든 것을 해명할 자신이 있었다.

쓸데없이 모든 것을 밝히면 혼란만 가중시킬 뿐이다.

물론 세 번째 방법도 있었다.

'여기서 다른 모두를 죽이고 나 혼자 사막을 건너도 상관없다. 물과 식량은 아낄수록 좋으니까. 그리고 어차피 이자들이 내 목표를 달성하는 데 크게 도움이 될 리도 없어.'

그것은 잔혹하지만 꽤나 속 편한 방법이기도 했다.

과거의 나였다면.

회귀의 반지를 두 손가락에 끼우기 직전의 나였다면, 만에 하나라도 정말 그 방법을 선택했을지도 모른다.

그것이 목표를 달성하기 위한 유일한 길이었다면…….

'하지만 지금은 아니야.'

나는 스스로를 다잡았다.

지금은 미래가 아니다.

그리고 나 역시 순수한 문주한이 아니다.

지금 이 순간에도 내가 억지로 밀어내고 육체를 차지해 버린 레너드의 기억이 그렇게 하지 말라고 외치고 있다.

이 사람들을 죽이지 말라고.

죽이지 말고 친구로 만들라고.

너와 마지막까지 함께했던 그 세 사람처럼, 목숨을 맡길 수 있는 동료를 만들라고…….

'이건 너무 감상적이군.'

나는 곧바로 스스로의 감정을 자제했다.

판단의 모든 것을 감정에 맡기는 건 어리석은 짓이다.

중요한 건 현 상황의 정확한 판단, 그리고 득과 실이다.

'빅터는 델타포스의 장교다. 훗날 전쟁에서 지휘관을 맡길 수 있을 거야. 커티스의 기지와 텔레포트 능력은 매우 유용하고. 빅맨도 저주 스텟이 높지. 분명 저주 마법을 쓸 수 있을 거야. 전생에서 인류 연합이 당했던 저주 마법들을 생각하면… 그리고 나 혼자 이 모든 짐가방을 들고 다닐 수는 없어. 램지의 회복 마법과 축복은 말할 것도 없고.'

모두 사실이다.

하지만 어쩐지 억지로 이유를 만들어내는 것 같아 웃음이 나왔다.

"왜 그러지? 표정이 이상하군."

빅터가 눈살을 찌푸렸다. 나는 웃음을 참으며 첫 번째 방법을 선택했다.

"지금부터 제가 하는 이야기를 쉽게 믿지는 못하실 겁니다. 믿으라고 강요하지도 않겠습니다. 하지만 이건 사실입니다."

그리고 나는 문주한으로서 살아온 나의 43년의 인생을 설명하기 시작했다.

*　　　*　　　*

거짓은 적을 속일 때 쓰고, 진실은 동료를 만들 때 사용한다. 그래서 나는 진실을 말했다.

설명을 마쳤을 때, 빅터가 어둠 속에서 눈을 번쩍이며 물었다.

"그러니까 결론은 네가 지금으로부터 24년 후의 미래에서 온 터미네이터라는 거냐?"

"네. 물론 터미네이터는 아니지만요. 그러고 보니 몸의 절반을 사이보그로 바꾼 부하는 있었습니다."

나는 박 소위를 떠올리며 가볍게 웃었다. 그러자 커티스가 몸을 앞으로 쭉 내밀며 물었다.

"그런데 준장이었다고? 장군이었다는 말인가?"

"네. 최종적으로 인류 저항군의 준장까지 올랐습니다."

"그 인류 저항군이라는 게 정확히 뭐지? UN군인가? 아니면 미국과 동맹국들의 연합군인가?"

"정확히는 인류 연합의 군대입니다."

"인류 연합?"

"점점 강해지는 귀환자들 덕분에 인류는 역사상 최초로 하나로 뭉칠 수 있었습니다. 통합된 세계 정부의 이름이 바로 인류 연합입니다."

"말도 안 돼. 믿을 수가 없군. 안 그렇습니까, 보스? 아무리 그런 일이 벌어졌다 해도… 전 세계가 힘을 합칠 수 있을까요? 이란과 이스라엘이? 미국과 중국이? 인도와 파키스탄이?"

"나야 모르지."

빅터는 한쪽 어깨를 으쓱였다.

"미래가 어떻게 될지 어찌 알겠나? 그보다도 레너드, 네 말대로라면 지구의 인류는 결국 멸망했다는 건가?"

"그렇습니다."

"그리고 너는 그 인류의 마지막까지 살아남은 생존자고?"

"저 말고 세 명이 더 있었습니다. 물론 어딘가의 숨겨진 지하 벙커에 추가적인 생존자가 있었을지도 모릅니다만……."

"어쨌든 대부분은 죽었다는 거군. 우리처럼 강제로 소환당한 인간들에 의해서."

"그렇습니다."

빅터는 긴 한숨을 내쉬었다.

그리고 천천히 고개를 끄덕이며 말했다.

"믿기 힘든 이야기지만… 앞뒤는 맞아. 저번에 그 말도 안 되는 훈련에서 살아남은 것도 미래의 정보가 있었기 때문인가?"

물론 그건 아니다.

하지만 나는 자연스럽게 대답했다.

"귀환자들 중에 일부는 세뇌에서 벗어나 레비그라스 차원에 대한 정보를 전해줬습니다. 그리고 그들 중에 각인사가 있어서 제게 각인 능력을 새겼습니다."

"스캐닝 능력 말이군. 하지만 육체가 아니라 정신만 과거로 돌아온 것 아닌가? 그래도 쓸 수 있는 건가?"

"각인 능력은 대상자의 영혼에 새깁니다. 그러니 지금의 제가 능력을 쓸 수 있는 거겠죠."

"아니, 잠깐……."

커티스는 순간 당황한 얼굴로 입술을 깨물었다.

"왜 그러십니까, 커티스?"

"아니, 네 말이 전부 사실이라면… 너는 진짜 장군이었다는 거지?"

"물론 저는 장군이었습니다."

"그럼 우린 지금까지 장군에게 막말을 해왔다는 건가? 그 무슨 말도 안 되는……."

커티스는 숫제 공포를 느끼는 표정이었다. 나는 쓴웃음을 지으며 고개를 저었다.

"상관없습니다. 전생은 전생이고, 지금의 저는 그냥 젊은 귀환자일 뿐입니다. 아니, 아직 귀환하진 않았으니… 레비그라스에 강제로 소환당한 지구인이라고 해야겠군요. 여러분 모두와 같이 말입니다."

"아니, 장군은 언제까지라도 장군이다. 군대 출신이라는 게 그런 소리였군. 그럼 나도 정식으로 소개하도록 하지."

빅터는 몸이 굳어버린 커티스를 제치며 말했다.

"나는 미군 특수부대 소속인 빅터 커시 소령이다. 커티스?"

"미국 특수부대 소속 커티스 캠벨 소위입니다!"

캠벨이 갑자기 우렁찬 목소리로 관등성명을 댔다. 나는 양손을 저으며 목소리를 낮췄다.

"괜찮습니다. 그냥 평소대로 대해주십시오. 고작해야 스물한 살짜리 애송이 아닙니까?"

"그럴 수는 없지. 내가 10년 넘게 군대에 있었지만 장군급과 직접 만난 적은 한 번도 없었다고. 군인들에게 있어 장군이란 완전 하느님 같은 존재 아닌가?"

"그렇습니다, 소령님. 장군은 신 같은 존재입니다."

커티스의 빅터에 대한 칭호가 보스에서 소령님으로 바뀌었다. 나는 웃음이 나오려는 것을 참으며 인류의 마지막을 설명했다.

"참고로 제가 준장이 되었을 때, 제 밑에는 1개 중대조차 남지 않았습니다. 최종적으로 남은 부하는 고작 세 명뿐이었죠. 기껏해야 소대장급도 아닙니다."

"부하가 있든 없든 장군은 장군이다. 어쨌든 불편하다니까… 뭐, 좋아. 그냥 지금처럼 대하도록 하지."

빅터는 장난스러운 목소리를 거두며 물었다.

"그러면 '진짜 레너드'는 어떻게 된 건가?"

"저도 모르겠습니다. 아직 제 몸의 어딘가에 남아 있거나, 아니면 완전히 사라져 버렸겠죠."

"그건 안타깝군. 나름 괜찮은 녀석이었는데. 그래도 녀석이 가고 하느님이 찾아왔으니 우리로선 기적 같은 일이 벌어진 셈이군."

빅터는 가슴에 성호를 그리며 아멘이라고 중얼거렸다.

나 역시 본의 아니게 육체를 잃게 된 레너드의 명복을 빌며 말했다.

"여러분들이 제게 품고 있던 의문은 이걸로 전부 해결이 됐으리라 생각합니다. 지금까지 사실을 숨긴 건 어쩔 수 없었습니다. 말해봤자 믿어줄 리 없으니까요."

"하지만 지금은 믿을 수밖에. 사흘 만에 오러를 각성하고 그 간수들을 맨손으로 때려잡을 만큼 강해졌으니까. 전부 미래의 지식으로 알아낸 거로군. 그럼 오러에 관한 것도 연구가 다 끝난 건가?"

"네. 하지만 지구의 대기엔 오러의 재료가 되는 마나라는 에너지가 희박했습니다. 그래서 연구 자체가 무의미했죠."

"하지만 레비그라스 차원은 마나로 꽉 차 있다, 이 말이군. 그렇다면… 방법만 알면 나도 너처럼 강해질 수 있다는 건가?"

빅터가 눈을 번득이며 물었다. 나는 잠시 생각하다 고개를 끄덕였다.

"가능은 합니다. 하지만 말처럼 쉽지는 않습니다. 이 정도로 빠르게 오러를 쌓으려면 정신력 스텟이 매우 높아야 하니까요."

"정신력?"

"마나를 체내로 받아들이고, 그것을 흡수해서 오러로 변환하는 과정은 대단히 높은 정신력을 필요로 합니다. 저는 인류의 한계에 가까울 정도로 높은 정신력을 가지고 있습니다만, 그럼에도 불구하고 한번 수련이 끝나면 정신력이 바닥까지 떨어졌을 정도입니다. 정신적인 탈진 상태였죠."

"그래서 꿀을 그렇게 먹어댄 건가? 흠… 네 정신력을 숫자로 하면 몇이나 되지?"

"제 정신력은 약 90입니다."

"그럼 나는?"

"당신의 정신력은 32였습니다."

"뭐? 트리플 스코어라고?"

"32도 일반적인 기준으로는 높은 스텟입니다. 하지만 저만큼 빠르게 오러를 쌓기엔 부족합니다."

나는 진실과 거짓을 교묘하게 섞어서 오러에 대해 설명했다.

오러의 수련은 죽음의 위기로 가득 차 있다.

그럼에도 불구하고 내가 정말로 빠르게 오러를 쌓을 수 있던 것은 하루에 다섯 번까지 죽음을 극복할 수 있기 때문이다.

시공간의 축복.

실제로 죽음을 통한 시행착오를 통해 이 방법을 터득했다.

그렇기 때문에 목숨이 하나밖에 없는 다른 동료들에게 이와 같은 짓을 하라고는 절대 추천할 수 없었다.

빅터는 불만 섞인 표정으로 투덜거렸다.

"쳇, 정신력이 낮아서 수련을 못 한다니⋯ 델타의 특수 요원에게 치욕스러운 이야기군. 만약 억지로 그 수련을 하면 어떻게 되나?"

"입에서 피를 토하면서 죽습니다."

"홀리 쉿, 그럼 다른 방법은?"

"좀 더 안전하고 천천히 수련하는 방법도 있습니다. 원하시면 모두 알려 드리겠습니다. 다만 시간은 훨씬 오래 걸리겠죠."

"지금 네 수준으로 되려면 얼마나 걸리지?"

"아마도 1년이나 2년⋯ 어쩌면 3년 정도 걸릴 수도 있습니다."

실제로 소량의 마나를 체내로 받아들여 수련을 하면 시간은 걸리더라도 안전하게 오러를 쌓을 수 있을 것이다.

빅터는 불만 섞인 눈빛으로 고개를 끄덕였다.

"좋아. 3년은 너무 길지만⋯ 어쨌든 가르쳐 주면 좋겠군. 이런 끔찍한 세상에선 자신을 지킬 특별한 힘이 필요하니까."

"여기서는 좀 무리고, 일단 사막을 횡단해서 안전한 곳에 도착하면 가르쳐 드리겠습니다."

"좋아. 나도 당장 시작할 생각은 없으니까."

빅터는 그대로 몸을 뒤로 눕히며 말했다.

"어쨌든 답답하던 게 속 시원하게 풀렸군. 오늘은 기분 좋게 푹 잘 수 있겠어."

"덕분에 비밀을 털어놓을 수 있어서 저도 한시름 놨습니다. 그런데 저 역시 궁금한 게 있는데……"

나는 반대편 구석에 앉아 있는 빅맨을 보며 물었다.

"빅맨, 당신은 저주 마법을 쓸 수 있죠? 어떤 마법을 쓸 수 있는지, 그리고 어떤 방식으로 사용되는지를 알려주시겠습니까?"

"……."

하지만 빅맨은 대답하지 않았다.

대신 바닥에 누워 버린 빅터를 보며 물었다.

"보스?"

"아, 대답해도 돼. 이젠 나보다도 레너드가 보스에 어울리니까."

빅터는 손만 위로 뻗으며 휘휘 저었다. 빅맨은 예의 살벌한 표정으로 날 주시하며 말했다.

"내 영어, 약하다. 너는 이해하지 못할 수도 있다."

"상관없습니다. 그냥 가능한 만큼만 알려주시면 됩니다."

"나는 그냥 쓸 수 있게 됐다, 마법. 여기로 넘어온 다음부터다. 그게 저주라는 것도 몰랐다."

"어떤 효과의 마법입니까?"

"별거 아니다. 어지럽게 한다. 하루에 세 번 쓸 수 있다. 하지만 강력하다."

"별거 아니지만 강력하다니……."

순간 직접 나한테 써보라는 이야기가 목구멍까지 올라왔다.

하지만 이제 곧 잠을 자야 한다. 잠들기 전에 어지러워지는 마법을 당하면 매우 고통스러울 것이다.

빅맨은 단어가 떠오르지 않는 듯, 한참을 고민하다 말을 이었다.

"나, 싸웠다. 다른 지구인들과."

"아… 그랬죠. 벌꿀 쟁탈전 때문에."

"벌꿀 말고 담배나 술을 노리는 사람도 있었다. 어쨌든 대부분 내가 싸웠다. 그리고 다 죽였다."

실제로 빅맨만큼 수용소에서 같은 지구인을 많이 죽인 인간은 없을 것이다.

나는 이야기가 심각해지는 것을 느끼며 숨을 죽였다.

"싸울 때 마법 걸면 강력하다. 강력… 아니, 치명적이다. 서로 실력이 비슷해도 한쪽이 어지러우면 진다."

"그러니까 쟁탈전을 할 때 미리 저주를 걸어놓고 싸웠다는 거군요. 상대가 어지러움을 느끼면 제대로 싸울 수 없을 테니까요."

빅맨은 말없이 고개를 끄덕였다.

덕분에 레너드의 기억에 남아 있는 빅맨의 '수용소 불패 신화'의 진실을 알게 되었다.

하지만 내가 정말 알고 싶은 건 그게 아니다.

"알겠습니다. 그런데 빅맨, 당신은 그 마법을 하루에 세 번까지 쓸 수 있다고 했죠?"

"그래."

"처음부터 세 번 쓸 수 있었습니까? 아니면 점점 횟수가 늘어난 겁니까?"

"음……."

빅맨은 한동안 고민했다. 그러다 고개를 저으며 말했다.

"처음에는 한 번이었다. 하루에 한 번. 그런데 점점 많이 쓸 수 있게 되었다."

"혹시 사람을 죽일 때마다 횟수가 늘어나지 않았나요?"

"뭐?"

순간 빅맨이 눈을 크게 뜨며 물었다.

"너… 어떻게… 그것을 어떻게 알지?"

"말씀드렸지 않습니까? 저는 24년 후의 미래에서 왔다고요. 제겐 귀환자에 대한 거의 모든 지식이 있습니다."

물론 미래의 지식은 아무 상관 없었다.

그저 신관을 죽이자 늘어난 나의 저주 스텟을 보고 예측한 것뿐.

빅터는 살벌한 얼굴에 무거운 표정까지 더하며 말했다.

"나, 알 수 있었다. 수용소에서 사람을 죽이면 이 힘… 마법이 강해진다. 어지러움도 더 강하게 만든다. 횟수도 늘어난다. 조금씩… 그리고 시체도."

"시체요?"

"빅맨, 거기까지 말할 필요는 없지 않나?"

빅터가 쩝 소리를 내며 끼어들었다. 빅맨은 고개를 저으며 말했다.

"아니. 나도 말하고 싶다, 보스. 그리고 알고 싶다. 내 힘이 뭔지. 레너드, 아니, 주… 한?"

"그냥 레너드라고 부르셔도 됩니다."

"알았다, 레너드."

빅맨은 고개를 끄덕이며 말했다.

"나, 시체를 흡수할 수 있다."

"네?"

나는 빅맨의 말을 한 번에 이해할 수 없었다.

"방금 뭐라고 하셨습니까? 시체를 어떻게 한다고요?"

"시체, 흡수한다. 아니, 사라지게 만든다. 그러면 내 힘… 마법, 더 강해진다."

"시체를 흡수하면 저주 마법이 강해진다는 말입니까?"

"그래, 그래서 나 시체를 처리했다. 뼈도 남지 않고 사라진다. 유용하다. 썩히지 않아도 되니까."

"그러면 그때……."

나는 레너드의 몸으로 회귀한 첫날 밤을 떠올렸다.

바로 그날, 정신이 나간 에릭손이란 노예가 날 죽이기 위해 찾아왔다.

정작 죽은 것은 에릭손이었지만.

그리고 빅터가 찾아와 에릭손의 시체를 끌고 갔다.

"빅터, 그날 밤이 기억나십니까? 에릭손 말입니다. 저는 막연하게 생각했습니다. 당신에게 시체를 처리할 방법이 있다고요. 그게 사실은 빅맨에게 넘겼던 거군요?"

"맞아. 그쪽이 깔끔하니까."

빅터가 누운 채로 대답했다.

"심지어 시체를 흡수할 때마다 마법이 강해진다고 하니 더할 나위 없지 않겠어? 빅맨은 우리 조직 최후의 보루였으니까. 강하게 키우면 키울수록 유리하다고 판단했다."

"…이해했습니다. 어쨌든 놀랍군요."

나는 여전히 무뚝뚝한 표정의 빅맨을 보며 생각했다.

이건 특별하다.

내 전생의 그 모든 귀환자와의 전쟁을 통틀어, 그런 능력을 가진 귀환자는 단 한 명도 없었다.

'시체를 흡수해서 강해진다니, 단순히 일시적으로 저주 마법의 능력을 강화한다는 건가? 아니면 저주 스텟의 최대치 자체를 높이는 건가? 어찌 됐든 엄청난 능력이다. 만약 전생의 귀환자들 중에 빅맨과 같은 힘을 가진 자가 있었더라면…….'

나는 끔찍한 상상을 하며 치를 떨었다.

귀환자들과의 전쟁이 한창일 무렵, 온 세상에 넘치는 것이 바로 인간의 시체였다.

만약 지금의 빅맨이 그 시절로 갈 수 있다면?

그는 인류 역사상, 아니, 레비그라스 역사상 최강의 저주술사가 될 수 있을 것이다.

"저는 제 저주 스텟이 조금씩 올라가는 게 신경 쓰였습니다. 그래서 빅맨에게 질문을 한 것인데… 덕분에 훨씬 놀라운 이야기를 듣게 되었군요."

"빅맨의 능력은 미래에도 희귀한 건가?"

가만히 듣고 있던 스네이크아이가 불쑥 끼어들었다.

그는 빅터처럼 어둠 속에서 눈만 번뜩이고 있었다. 나는 고개를 저으며 대답했다.

"희귀한 정도가 아닙니다. 이런 능력은 한 번도 본 적이 없습니다."

"너도 모르나……."

빅맨은 아쉬운 표정을 지었다.

하지만 내 스캐닝 능력은 한층 강해져 초월 능력이 되었다.

처음 빅맨의 스텟을 확인했을 때는 알 수 없었지만, 지금이라면 새롭게 확인할 수 있을 것이다.

나는 즉시 빅맨의 특수 능력을 확인했다.

특수 능력
오러: 0
마력: 0
신성: 0
저주: 47(47)
각인: 없음
저주 마법: 현기증(하급), 시체 흡수(특수)

확실히 저주 마법이라는 특수 능력창에 '시체 흡수'라는 스킬이 표시되어 있다.

나는 다시 한 번 의식을 집중했다. 그러자 스킬 옆에 새로운 문장이 추가로 나타났다.

시체 흡수(특수) ─ 시체를 흡수해서 저주 스텟의 최대치를 높인다. 높아지는 스텟양은 흡수한 시체가 생전에 쌓은 업보에 따라 달라진다.

"과연……."
나는 고개를 끄덕이며 말했다.
"빅맨, 당신이 시체를 흡수하는 것도 저주 마법의 일종입니다. 시체를 흡수할 때마다 저주 스텟의 최대치가 상승하는 데… 상승폭은 흡수한 시체가 생전에 얼마나 업보를 쌓았는지에 따라 달라진다는군요."

"업보?"

빅맨은 멀뚱한 표정으로 물었다.

"지은 죄를 말하는 건가?"

"네. 그런 의미인 것 같습니다."

"그렇군. 알겠다."

빅맨은 그 정도만 알아도 충분한 듯했다. 나는 빅맨의 스텟 창이 사라지기 전에, 특수 능력창의 '저주'라는 단어에 의식을 집중했다.

저주 — 저주 마법을 쓰기 위해 필요한 에너지. 업보를 쌓으면 높아진다. 일정 스텟 이상으로 높아지면 정신이 오염될 수 있다. 신관들에 의해 무효화시킬 수 있다.

'뭐?'

나는 자신도 모르게 마른침을 삼켰다.

'업보를 쌓으면 올라간다는 말은… 즉, 사람을 죽이면 올라간다는 의미인가? 그런데 일정 이상 높아지면 정신이 오염된다고?'

동시에 멍하니 앉아 있는 빅맨의 얼굴이 한층 더 위협적으로 느껴졌다.

나는 가볍게 헛기침을 하며 그에게 경고했다.

"그런데 저주 스텟은 너무 높이는 게 위험합니다. 자칫하면 정신이 오염될 수도 있으니까요."

"정신 오염?"

빅맨은 단어 자체를 이해하지 못한 듯했다. 그러자 스네이크아이가 손가락으로 머리를 가리키며 말했다.

"미친다는 말이다. 알았어?"

"아, 미친다. 알겠다."

빅맨은 고개를 끄덕였다.

그리고 나는 그동안 스캐닝을 통해 확인한 모든 노예의 저주 스텟이 왜 활성화되어 있었는지를 이해할 수 있었다.

그들 모두가 살인과 같은 업보를 쌓은 것이다.

물론 나도 마찬가지고…….

'하지만 내가 전생에서 직접 죽인 인간만 해도 100명은 넘을 텐데? 그걸 생각하면 15는 너무 낮은 스텟 아닌가? 아니면 저주 스텟이 쌓이는 건 영혼이 아니라 육체인가? 그렇다면 레너드도 누군가를 죽였다는 말인데…….'

지금으로선 무엇 하나 확신할 수 없다.

그리고 생각은 여기까지였다.

나는 급격히 밀려오는 졸음을 느끼며 그대로 바닥에 몸을 눕혔다.

오늘 하루 동안 나는 너무 많은 문제를 처리했다.

그러니 복잡한 생각은 내일로 미뤄도 상관없을 것이다.

대체 얼마나 피곤했는지, 지금은 램지의 코 고는 소리마저 자장가처럼 느껴질 지경이었다.

*　　　*　　　*

양 손목을 결박당한 금발의 여자가 채찍을 맞고 있다.

촥!

촤악!

소름끼치는 소리와 함께, 헐벗은 여자의 몸에 붉은 채찍 자국이 뱀처럼 돋아난다.

"스텔라! 명심해라! 이 모든 게 너를 강하게 하기 위함이다! 빛의 신을 위해 너는 더 강해져야 한다!"

하얀 옷을 입은 신관 두 명이 번갈아가며 여자에게 채찍질을 해댄다.

그녀는 스텔라다.

그녀는 내가 알고 있는 스텔라보다 좀 더 어려 보였다.

앳되고, 가련하고, 안타깝다.

"이 모든 통증을 네 안으로 받아들여라! 이것이 레비그라스의 축복인 마나를 너의 안에 가득 받아들이도록 만들 것이다!"

신관들은 잘못된 방법으로 그녀를 훈련시키고 있었다.

나는 그것을 막기 위해 채찍을 휘두르는 신관을 향해 달렸다.

이 개 같은 놈들, 당장 멈추지 못해?

하지만 목소리가 나오지 않는다.

그리고 아무리 달려도 그들이 있는 곳으로 가까워지지 않는다.

마치 물에 빠져 허우적거리듯.

"하옥! 빛의 신을 위해! 꺄아아악! 레비를 위하여! 하으윽! 저는 반드시 강해지겠습니다! 꺄아아아아악!"

이미 세뇌를 당한 스텔라는 불합리한 수련과 고문을 참아 내며 신관들의 말에 복종한다.

미칠 것 같다.

나는 이 광경을 도저히 참을 수 없었다.

그래서 처음부터 생각하지 않으려 했는데…….

                    *   *   *

"헉……."

순간 신음 소리를 내며 잠에서 깨어났다.

그것은 악몽이었다.

스텔라.

모든 귀환자 중에 처음으로 세뇌에서 벗어나 전향자가 된 여자.

그녀가 학살을 멈추고 인류의 편에 돌아선 그 순간부터, 나는 그녀의 지휘관이자 감시자가 되어 함께 작전을 진행했다.

그리고 그녀를 통해 자신이 레비그라스 차원에서 겪었던 모든 일을 전해 들었다.

나는 양손으로 얼굴을 감싸 쥐며 긴 한숨을 내쉬었다.

"후우우……."

지금 이 순간에도 그녀는 레비교의 신관들에게 고문과도 같은 훈련을 받고 있을 것이다.

그래서 일부러 생각하지 않으려 했다.

회귀를 통해 24년 전으로 돌아와 레너드의 몸에 들어온 그 순간부터, 나는 의식적으로 그녀에 대해 떠올리지 않으려 했다.

생각하면 할수록 고통스러울 뿐이다.

지금 내 힘으로는 어차피 그녀를 구하러 갈 수가 없다.

나는 동굴 밖에서 쏟아지는 눈부신 빛을 보며 천천히 몸을 일으켰다.

10시간쯤 잔 걸까?

정오는 이미 한참 지난 것 같다.

바위 굴에는 빅터와 빅맨과 도미닉이 아직 잠들어 있었다. 나는 소리를 내지 않고 밖으로 나왔다. 그리고 작열하는 사막의 바위 지대를 감상했다.

"오! 일어났군, 레너드."

근처의 바위에 걸터앉아 있던 램지가 손을 흔들었다. 나는 가볍게 고개를 끄덕이며 그를 향해 다가갔다.

"안녕히 주무셨습니까? 램지 씨."

"덕분에 잘 잤네. 깨어나 보니 훌륭한 벽돌집에 누워 있어 깜짝 놀랐지 뭔가?"

"벽돌이 아니라 바위지만요. 몸은 좀 어떠십니까?"

"걱정할 필요 없어. 나이를 먹어서 그렇지 딱히 어디가 불편한 건 아니라네."

램지는 오른팔을 들어 알통을 만들어 보였다. 그러고는 품속에 넣어둔 꿀병을 꺼내 내밀었다.

"자네 아침밥이야. 깨어나면 주라고 커티스가 전해주고 갔네."

"감사합니다. 그런데 커티스는?"

주변에 보이는 건 조금 떨어진 곳에 웅크리고 있는 스네이크아이뿐이었다.

램지는 멀리 서쪽을 가리키며 말했다.

"미리 정찰을 한다고 떠났네. 한 시간 안에 돌아온다고 했는데… 시간이 거의 다 된 것 같군. 그러고 보니 커티스에게 대충 이야기를 들었네. 이제 다른 사람들 앞에서 주한이라고 불러도 되는 건가?"

"네. 어젯밤에 전부 말했습니다."

나는 고개를 끄덕였다. 램지는 주름진 얼굴에 미소를 지으며 자신의 어깨를 두드렸다.

"그렇군, 잘했네. 비밀은 감출수록 꺼내기 힘든 법이지. 저들도 이제 자네의 동료니까 말이야."

"저도 그렇게 생각합니다. 하지만 다른 사람들도 저를 그렇게 생각하는지는 모르겠군요."

"걱정 말게. 이젠 입장이 반대니까. 사실 나도 자네의 이야기는 반신반의했는데… 이젠 그 모든 게 진실이라고 믿지 않을 수 없게 되었군."

램지는 감동한 표정으로 내가 만든 바위 굴을 바라보았다.

그리고 나는 어젯밤에 빅맨을 통해 알아낸 저주 스텟에 대한 기억을 떠올리며 손에 쥔 꿀병의 마개를 뽑았다.

향긋한 벌꿀 냄새를 맡자, 벌써부터 입안에 침이 고인다.

그런데 문득 호기심이 생겼다.

'내가 퀘스트를 통해 스캐닝 능력을 최상급으로 높였을 때… 분명히 인간이 아니라 '사물'을 스캐닝할 수 있다고 했지?'

나는 당시의 기억을 떠올렸다.

[스캐닝(최상급)은 세상에 있는 모든 사물을 스캐닝할 수 있다.]

[스캐닝(최상급)은 스캐닝한 정보의 세부 정보를 확인할 수 있다.]

[스캐닝(최상급)은 대상이 쓸 수 있는 모든 스킬을 확인할 수 있다.]

[스캐닝(최상급)은 하루 사용 횟수가 10회로 한정된다.]

그것이 새로운 스캐닝 능력에 대한 설명이었다.

나는 손에 쥔 꿀병의 내용물을 잠시 노려보았다.

그리고 속는 셈 치고 그것에 스캐닝을 사용했다.

이름: 에오라스 벌꿀(상급)

종류: 음식

특수 효과: 소모된 정신력과 체력을 빠르게 회복한다. 소모된 직후에 먹을수록 회복량이 높다. 특히 정신력의 회복에 효과적이다.

역시 이건 그냥 벌꿀이 아니었다.

"음? 자네 왜 웃고 있나?"

램지가 날 보며 물었다. 나는 그 즉시 벌꿀을 입안으로 들이부으며 말했다.

"으음, 달콤하네요. 이게 진짜 특별한 벌꿀이라는 걸 알아서요."

"특별하다고? 그냥 벌꿀 아닌가?"

"지구의 벌꿀과는 다른 효과가 있습니다. 방금 스캐닝을 통해 확인했습니다."

"정말인가? 혹시 관절통에도 효과가 있으면 좋겠군. 이건 회복 마법으로도 차도가 없어서… 그런데 자네는 스캐닝을 도구에도 쓸 수 있는 건가?"

"그런 모양입니다."

나는 빈 병을 근처의 바위 위에 올려놓았다.

"기존에 가지고 있던 스캐닝보다 훨씬 강화되었습니다. 덕분에 여러 가지로 도움이 될 것 같군요."

"그거 다행이군. 스캐닝은 각인 능력이라고 했지? 오러를 수련하면 각인 능력도 강해지는 건가?"

"좀 다르지만… 비슷합니다."

지금 여기서 '퀘스트'에 대해 설명하는 건 곤란하다. 나는 그저 애매하게 대답하는 수밖에 없었다.

그때, 어딘가에서 굉음이 들렸다.

푸확!

고개를 돌리자, 바위 지대 너머의 사막에 모래 먼지가 솟구치는 것이 보였다.

"뭔가? 방금 그건?"

램지가 깜짝 놀라며 물었다. 웅크리고 앉아 뭔가를 만들고 있던 스네이크아이도 몸을 벌떡 일으키며 날 바라보았다.

나는 고개를 저으며 말했다.

"저도 못 봤습니다. 무슨 고래가 수면으로 솟구치는 소리 같았는데……."

그때, 멀리 사막에 무언가 기다란 것이 몸을 솟구치며 뛰어올랐다.

푸확!

이번에는 확실히 봤다.

그것은 뱀이었다.

정확히는 뱀과 비슷하게 생긴 무언가가 모래 위로 솟구쳐 오른 다음, 다시 모래 속으로 파고들어 갔다.

"사막의 괴물인가? 먹을 수 있는 녀석이면 좋겠군."

스네이크아이가 만들던 뼈칼을 세워 들었다. 나는 상황이 그렇게 낙관적이지 않다는 걸 느끼며 말했다.

"스네이크아이? 지금 당장 바위 굴에 있는 사람들을 깨워서 밖으로 탈출시켜 주십시오."

"탈출? 저게 그렇게 위험한 놈인가?"

"저도 모릅니다. 다만……."

그때, 또다시 녀석이 모래 위로 솟구쳐 올랐다.

푸확!

녀석은 점점 이쪽으로 다가오고 있었다.

그리고 다시 한 번 솟구쳤을 때는, 모래 위에 있던 바위들을 무더기로 밀쳐내며 자신의 힘을 과시했다.

쿠과광!

날아간 돌들이 서로 충돌하며 육중한 소리를 냈다.

꽤나 거리가 있었는데도 우리가 서 있는 곳까지 진동이 느껴졌다. 스네이크아이는 그제야 상황이 심상치 않다는 걸 파악하며 바위 굴로 달려갔다.

"모두 일어나! 빅맨! 일어나십시오!"

그리고 나는 눈을 가늘게 뜨며 괴물과의 거리를 가늠했다.

문제는 바로 그 거리였다.

괴물 뱀이 날뛰는 곳은 상당히 멀었다.

대충 가늠해도 300미터쯤 떨어져 있다.

그런데도 크기가 상당해 보였다. 만약 눈앞에서 본다면 대체 얼마나 큰 걸까?

그리고 녀석은 불과 100미터쯤 떨어진 곳에서 다시 한 번 지상으로 솟구쳐 올랐다.

푸확!

순간 폭이 2미터쯤 되는 커다란 돌 십여 개가 동시에 밀리며 나동그라진다.

쿠과광!

그와 동시에 나는 솟구친 괴물 뱀을 향해 스캐닝을 사용했다.

이름: 샌드 웜

종족: 웜

레벨: 12

특징: 사막에 산다. 사막에 사는 모든 동식물을 가리지 않고 먹는다. 먹지 않는 건 자신의 동족뿐이다. 해가 지면 활동을 멈춘다.

근력: 247(255)

체력: 316(338)

내구력: 114(124)

정신력: 18(20)

항마력: 145(145)

특수 능력

오러: 0

마력: 0

신성: 0

저주: 243(243)

고유 스킬: 산성 체액(중급)

나는 탄식했다.

정말이지 이곳은 그야말로 판타지 차원으로 불리는 레비그라스임에 틀림없었다.

이런 빌어먹을…….

· 14장 ·
사막의 주인

사실 나는 '웜'이란 게 어떤 건지 알고 있다.

레비그라스 차원에 살고 있는 야생의 마물로, 인류 저항군이 흔히 '몬스터'라고 부르는 대표적인 존재 중 하나다.

레비그라스 차원에서 지구를 침략한 것은 단지 귀환자뿐이아니었다.

오히려 숫자로 치자면 귀환자보다 몬스터가 훨씬 더 많았다.

레비교의 신관들은 차원문을 통해 자신들의 세계에 있는다양한 마물들을 마구잡이로 지구를 향해 쏟아놓았다.

전향자의 증언에 따르면, 몬스터만 통과할 수 있는 차원문은 만들기가 훨씬 쉽다고 한다.

그 탓에 한 번에 소환되는 몬스터의 숫자도 엄청났다. 인류 저항군은 수백 마리의 오크와 수천 마리의 고블린을 동시에 상대하기도 했다.

인류 연합은 소환되는 몬스터를 모두 다섯 개의 등급으로 구분해 각기 다른 취급을 했다.

주의, 경계, 경고, 위험, 재앙.

고블린은 '주의' 등급, 오크는 '경계' 등급이다.

'그중에 웜은 '경고' 등급이다. 파이어 웜, 썬더 웜, 플라이 웜 등 다양한 웜들과 싸웠는데… 샌드 웜은 어떨까?'

확실한 건 나보다는 훨씬 강하다.

물론 루도카만큼 압도적인 차이는 아니다. 하지만 근력 스텟만 봐도 두 배가 넘게 차이가 난다.

그리고 마물에겐 스텟만으로 확인할 수 없는 '피지컬'적인 우위도 있다.

전생에는 한 마리의 웜을 잡기 위해 보통 일개 포병대대가 투입되었다.

하지만 난 혼자다.

물론 오러를 각성했지만, 기껏해야 1단계의 오러 유저일 뿐이다.

상대가 비슷한 수준의 몬스터라면, 중화기로 무장한 일개 중대가 나보다 훨씬 더 잘 잡을 것이다.

"뭐지, 레너드? 괴물이 접근하고 있다고?"

빅터가 밖으로 뛰쳐나오며 소리쳤다.

나는 짧은 순간에 교전이냐 퇴각이냐를 놓고 고민했다.

정상적인 상황이라면 무조건 퇴각이다.

레벨만 봐도 12 대 5다. 싸워도 승산은 희박할 것이다.

문제는 퇴각이 가능한지다.

샌드 웜은 마치 바닷속의 고기처럼 엄청난 속도로 모래 속을 헤엄치고 있다.

만약 식사하기 위해 우리들을 노리고 있는 거라면 과연 사막에서 녀석의 추격을 피해 도망치는 게 가능할까?

'불가능해. 심지어 램지 씨는 더더욱 불가능하고.'

빅맨이 램지를 업고 달린다 해도 마찬가지다. 심지어 우리는 식량과 물을 포함해서 챙겨 들고 가야 할 짐이 너무 많다.

결국, 답은 하나였다.

"빅터! 다른 사람들과 함께 뒤로 물러나 주세요. 제가 싸우겠습니다!"

"그래? 해볼 만한 녀석인가?"

물론 아니다.

하지만 고개를 끄덕였다.

"꽤 힘들 겁니다. 어쨌든 뒤로 떨어져 주세요. 그리고 램지 씨를 부탁합니다."

"영감은 맡겨라. 그런데 우리가 안 도와도 되겠나?"

"당장은 제 몸 간수하며 싸우는 것도 벅찰 겁니다."

"괜히 근처에 있으면 민폐라는 거군."

빅터는 쓴웃음을 지으며 뒤로 물러났다. 이래서 사람은 눈치가 빨라야 한다. 특히 군인이라면 더더욱…….

그와 동시에 나는 지면이 흔들리는 걸 느끼며 입술을 깨물었다.

샌드 웜이 모래 속으로 다가오고 있다.

그리고 가깝다.

나는 눈앞의 바위들이 들썩이는 것을 보며 오러를 끌어 올렸다.

'녀석이 다시 솟구치는 그 한순간에 약점을 노린다.'

인류 저항군이 수십 차례의 교전으로 알아낸 웜의 약점은 바로 눈이었다.

눈을 제외한 모든 피부는 총탄을 가볍게 튕겨낸다. 심지어 120미리 열화우라늄탄을 직격으로 맞고도 견뎌낸 기록이 있을 정도다.

그러므로 나는 반드시 녀석의 눈알을 공격해야 한다.

그것도 맨손으로…….

그 순간 발밑으로 강한 진동이 느껴졌다.

'설마 밑에서 바로 솟구치려는 건가?'

나는 반사적으로 지면을 박차며 옆으로 몸을 날렸다.

하지만 녀석은 내가 서 있던 곳을 그대로 지나 좀 더 뒤쪽에서 솟구쳐 올랐다.

푸화아아악!

사방으로 퍼지는 대량의 모래와 함께 근처에 있던 대여섯 개의 바위가 샌드 웜의 몸에 튕겨 날아간다.

길이는 20미터쯤 될까?

거대하다.

문제는 녀석이 나타난 장소였다. 샌드 웜은 빅터 일행이 물러난 곳의 바로 앞에서 솟구쳐 올랐다.

녀석이 노린 것은 내가 아니라, 뒤쪽에 있던 보다 많은 숫자의 인간이었다.

"망할!"

나는 전력으로 녀석을 향해 몸을 날렸다.

동시에 코브라처럼 목을 든 녀석이 동료들을 향해 투명한 액체를 토했다.

첫 희생자는 도미닉이었다.

촤악!

"으아아아아아아아아아악!"

피할 새도 없이 액체를 뒤집어쓴 도미닉은 새하얀 연기를 내뿜으며 바닥을 뒹굴었다.

'저게 샌드 웜의 스킬인 산성 체액인가?'

나는 스캐닝으로 확인한 내용을 떠올렸다.

그리고 단 한 번의 도약으로 약 10여 미터를 뛰어올라 녀석의 뒷목을 온몸으로 덥석 안았다.

'좋아!'

앞으로 2미터쯤 떨어진 곳에 녀석의 거대한 대가리와 눈알이 보인다.

하지만 그와 동시에 샌드 웜은 몸을 뒤로 꺾으며 지면을 향해 나를 내려찍었다.

그곳엔 하필 커다란 바위가 있었다.

콰직!

나는 엄청난 충격과 함께 튕겨 나가떨어졌다.

"컥……."

네 번의 레벨 업으로 높아진 내구력에도 불구하고, 단 한 방에 눈앞이 하얗게 변한다.

끔찍한 통증이다.

오러를 발동시키지 않았다면 분명 등뼈가 으스러졌을 것이다. 바위에 튕겨 모래 바닥으로 떨어진 나는 마비라도 걸린 것처럼 꼼짝도 할 수 없었다.

"레너드!"

"주한! 괜찮나!"

멀리서 날 부르는 동료들의 목소리가 들린다.

나는 급히 정신을 차리며 몸을 일으켰다.

그 순간, 내가 본 것은 샌드 웜의 거대한 아가리였다.

치이이이이이익!

기묘한 소리를 내며 나를 단숨에 물어 삼키려 한다.

나는 반사적으로 몸을 옆으로 틀었다.

하지만 그것으론 부족했다.

쫘악!

샌드 웜은 내 오른팔을 어깨째 뜯어 물고 뒤쪽으로 빠져나갔다.

"컥……."

나는 피를 뿌리며 무릎을 꿇었다.

정신이 아득하다.

오른팔이 뜯겨 나간 고통과 처음 일격에 내리꽂힌 등 쪽의 통증이 시너지를 일으키고 있다.

'내 내구력도 최대치가 70이 넘는데…….'

거기에 오러까지 발동시켰으니 100 이상으로 올라갔을 것이다.

그런데 고작 두 번의 공격으로 온몸이 걸레짝처럼 너덜거린다.

'내가 저 괴물을 과소평가했어.'

어젯밤에 레벨이 24였던 루도카를 만나서일까?

그래서 레벨 12 정도의 마물은 충분히 상대할 수 있다고 오판한 걸까?

아니면 전생에 라이플로 파이어 웜의 눈알을 꿰뚫었던 경험이 있었기 때문일까?

나는 반성했다.

샌드 웜은 즉시 몸을 선회하며 나를 향해 다시 한 번 돌진했다.

쉬이이이익!

움직일 때 나는 소리가 소름 끼친다.

녀석은 모래와 바위를 마치 빙판처럼 미끄러지며 부드럽고 빠르게 이동한다.

"피해, 주한!"

등 뒤로 빅터의 목소리가 들렸다.

하지만 나는 피하지 않았다. 대신 샌드 웜의 아가리 속으로 한발 빠르게 몸을 던졌다.

죽기 위해서.

그리고 살기 위해서.

*   *   *

정신을 차렸을 때, 멀리서 샌드 웜이 숫구치는 소리가 들렸다.

푸확!

그리고 나는 스네이크아이를 보고 있었다.

원래는 여기서 그에게 부탁을 했다. 바위 굴로 가서 사람들을 깨워달라고.

하지만 나는 직접 바위 굴로 들어가며 소리쳤다.

"모두 일어나서 밖으로 나오세요! 몬스터가 접근하고 있습니다!"

나는 빅터와 빅맨과 도미닉을 깨워 밖으로 나왔다.

5분 전처럼 그들을 조금 떨어진 곳에 세워놓았다.

그리고 나 역시 원래 서 있던 자리로 돌아왔다.

"뭐 하는 거지, 레너드? 여기 이렇게 서 있어야 하는 이유가 있나? 그리고 몬스터라니, 대체 무슨 몬스터지?"

빅터가 잠이 덜 깬 듯 눈을 비비며 물었다.

나는 빠르게 접근하는 샌드 웜의 진동을 느끼며 말했다.

"저건 샌드 웜입니다. 그리고 이렇게 서 있으면 우리들의 사이에서 솟구쳐 올라올 겁니다."

"뭐? 그걸 어떻게 아나?"

"…그게 저놈의 습성이니까요."

"습성? 음… 어쨌든 강력한 놈인가?"

"네. 저 따위는 단숨에 찢어버릴 만큼 강력합니다."

나는 첫 번째 죽음을 떠올리며 쓴웃음을 지었다.

그냥 싸우면 이번에도 절대 이길 수 없다.

하지만 나는 미래를 알고 있다.

"스네이크아이! 그 칼 좀 던져주세요!"

"뭐?"

스네이크아이는 잠시 머뭇거렸다. 그러다 들고 있던 뼈칼을 던지며 소리쳤다.

"조심해!"

"네!"

날아오는 뼈칼을 낚아채듯 받은 순간, 강한 진동과 함께 발밑이 불룩 솟아올랐다.

샌드 웜이 그곳을 지나갔다.

나는 곧바로 샌드 웜이 솟아오를 장소를 향해 질주했다.

'솟구치는 한순간을 노려야 해.'

어설프게 몸통을 껴안아봤자 한 방에 내동댕이쳐질 뿐이다.

나는 중간에 있던 바위를 밟으며 미리 공중으로 뛰어올랐다.

그 순간, 샌드 웜이 모래를 뚫고 지상으로 솟구쳐 올랐다.

처음과 똑같은 바로 그 장소에서.

푸확!

덕분에 녀석은 마치 미리 뛰어오른 내 명치를 향해 용솟음치는 모양새가 되었다.

엄청난 속도, 그리고 엄청난 기세다.

하지만 나는 당황하지 않았다.

사실 당황할 시간도 없었다. 그저 손에 쥔 뼈칼을 솟구치는 녀석의 눈알에 내려찍는 데 모든 정신을 집중할 뿐.

와직!

내려찍은 뼈칼이 엄청난 기세로 샌드 웜의 눈알을 파고들었다.

덕분에 칼을 쥔 오른팔까지 순식간에 눈알 속으로 파고든다.

팔꿈치까지.

이건 내 힘 때문이 아니다.

그저 녀석이 솟구치던 힘이 엄청났을 뿐······.

키이이이이이이이익!

샌드 웜은 날카로운 비명과 함께 온몸을 비틀기 시작했다.

분명 얼굴에 붙은 날 떨어뜨리고 싶을 것이다.

하지만 이번엔 쉽게 나가떨어지지 않았다. 내 오른팔이 녀석의 눈알 깊숙이 박혀 버려 몸이 고정된 상태다. 덕분에 녀석의 머리통에 안정적으로 붙어 있을 수 있었다.

그렇게 정신없이 흔들리는 와중에 나는 가까스로 왼팔을 들어 녀석의 또 다른 눈을 손끝으로 내리찍었다.

파직!

하지만 한 번에 안 뚫리고 튕겨 나왔다.

생각보다 단단하고 탄성이 있다.

물론 아무래도 상관없다. 나는 왼손에 오러를 집중하며 몇 번이나 샌드 웜의 왼쪽 눈을 내리찍었다.

파직!

파직!

파직!

왼손을 감싼 오러가 정전기와 같은 소리를 내며 충격에 반응한다.

그리고 네 번째 내리찍은 순간.

콰직!

한순간에 샌드 웜의 왼쪽 눈알이 파열되었다.

"하압!"

동시에 함성을 지르며 나는 온 힘을 다해 왼팔을 깊숙한 곳까지 쑤셔 넣었다.

키이이이이이이이익!

두 눈을 잃은 샌드 웜이 처절한 비명을 터뜨렸다.

그리고 나는 몬스터의 눈알에 박아 넣은 양팔을 마구 비틀며 비비기 시작했다.

탄력이 있지만 부드러운 조직들이 마구 찢기며 헤집어진다.

목표는 하나였다. 샌드 웜의 머릿속에서 두 손바닥을 모아 깍지를 끼는 것.

와직!

그것을 성공한 순간, 요동치던 샌드 웜의 몸이 석상처럼 경직되었다.

'죽었나?'

나는 재빨리 샌드 웜을 스캐닝했다.

중요한 건 기본 스텟이었다.

근력: 113(255)
체력: 59(338)
내구력: 41(124)
정신력: 4(20)

항마력: 12(145)

안 죽었다.

스텟이 남아 있다는 건 아직 살아 있다는 이야기다. 나는 즉시 깍지 낀 양팔을 더 강하게 조이기 시작했다.

온 힘을 다해.

꽈득…….

키이이이이이이이이이익!

그러자 경직되었던 샌드 웜이 비명과 함께 다시 요동치기 시작했다.

동시에 벌어진 입으로 핏물과 함께 투명한 액체를 사방에 마구 뿌린다.

나는 급히 동료들을 향해 소리쳤다.

"모두 물러나세요! 이건 산성 체액입니다!"

"주한! 우린 걱정 마라!!"

빅터가 먼 곳에서 소리쳤다.

샌드 웜과 정신없이 몸싸움을 하는 동안, 나를 제외한 모든 동료는 이미 50미터 이상 떨어진 곳으로 물러난 상태였다.

나는 안심하며 계속 양팔을 조였다.

순간 무언가 으스러지는 느낌이 났다.

우드드드드득…….

내가 온몸으로 껴안은 것은 샌드 웜의 두개골이다.

두개골이 으스러지고도 살아남을 수 있는 생물이 존재할까?

나는 곧바로 팔을 뽑아내고 10미터 높이의 지면을 향해 뛰어내렸다.

동시에 코브라처럼 꼿꼿이 세우고 있던 샌드 웜의 몸통이 휘청거렸다.

그리고 쓰러졌다.

쿵……!

육중한 진동과 함께 사방으로 모래가 날린다. 나는 긴 한숨과 함께 그 자리에 주저앉았다.

"후아……."

온몸이 샌드 웜의 피와 안구 액으로 흠뻑 젖은 상태였다.

"주한!"

"레너드!"

그제야 멀리 떨어져 있던 동료들이 부리나케 달려오기 시작했다. 나는 얼굴에 묻은 액체를 훑어내며 손을 흔들었다.

"전 괜찮습니다! 다들 무사합니까?"

"세상에! 대체 지금 무슨 짓을 한 거지? 보고도 믿을 수가 없군!"

가장 먼저 도착한 빅터가 호들갑을 떨며 소리쳤다. 나는 맥 빠진 얼굴로 샌드 웜의 시체를 살폈다.

"몬스터를 죽였습니다. 덕분에 힘이 쫙 빠지네요."

"당연하지! 저런 괴물을 죽였는데… 아, 힘이 빠진다고? 그럼 당장 뭔가 먹어야겠군!"

빅터는 바위 굴로 들어가 배낭에서 벌꿀과 말린 고기를 꺼내 돌아왔다.

나는 사양하지 않았다. 앉은 자리에서 벌꿀 한 병과 말린 고기 한 덩이를 해치웠다.

샌드 웜의 피와 살점이 묻은 손으로……

"이 괴물은 대체 뭐지? 믿을 수가 없어. 하지만… 이제야 진짜 실감이 나는군. 여기가 지구가 아니라는 게 말이야."

"입안에 이빨이 네 개뿐이군. 엄청 날카로운 송곳니야."

"크다. 이거 먹을 수 있나?"

그사이 다른 동료들이 죽은 샌드 웜의 시체를 둘러싸고 품평회를 시작했다.

나는 동료들 중에 한 명이 보이지 않는다는 것을 깨닫고는 빅터에게 말했다.

"빅터, 커티스가 보이지 않습니다."

"커티스?"

"아까 정찰을 나갔다고 했는데 아직 돌아오지 않은 모양입니다. 찾으러 가야 할까요?"

"음……."

빅터는 눈살을 찌푸리며 말했다.

"일단은 더 기다리는 게 좋겠어. 우린 텔레포트 능력도 없고 공간 지각 능력도 없으니까. 괜히 사막에서 헤매다 더 위험해질지도 몰라."

"그렇긴 합니다만……"

그때, 멀리서 누군가의 희미한 목소리가 들렸다.

"도망쳐……"

"커티스?"

빅터가 깜짝 놀라며 서쪽을 응시했다.

수백 미터쯤 떨어진 곳에서 커티스가 소리를 지르며 달려오고 있었다.

그리고 그보다 더 먼 곳에서 무언가 기다란 뱀 같은 짐승이 모래 위로 솟구쳐 올랐다.

십중팔구 샌드 웜이다.

"한 마리 더 있었나?"

빅터의 얼굴이 사색이 되었다. 나는 먹다 남은 육포를 입안에 쑤셔 넣으며 스네이크아이를 향해 소리쳤다.

"스네이크아이! 다른 무기 더 없습니까?"

"무기? 뼈로 만든 칼이 두 자루 더 있는데……"

스네이크아이는 짐 가방이 있는 바위 굴을 가리켰다. 하지만 내 시선을 잡은 것은 그가 쥐고 있는 날카로운 이빨이었다.

"잠깐! 그건 뭡니까?"

"뭐? 이거?"

젊은 흑인은 쥐고 있던 걸 흔들며 말했다.

"괴물 이빨이야! 돌로 내려찍으니 부러지던걸?"

"그거 주세요! 하나 더 부러뜨려서!"

"하나 더? 알았어!"

스네이크아이는 즉시 돌을 들고 새로운 작업에 돌입했다.

그사이, 전력 질주로 도망치던 커티스가 한순간에 백 미터가 넘는 거리를 텔레포트하며 우리 앞에 도착했다.

커티스는 마치 지옥이라도 본 듯한 표정이었다.

"헉… 헉… 헉… 뭐 하고 있어! 모두 도망쳐야 해! 빨리 짐부터 챙기고……."

"진정해, 커티스!"

빅터가 커티스의 어깨를 쥐며 흔들었다.

"걱정 마라, 소위! 저걸 봐! 너를 쫓아오던 몬스터와 똑같은 걸 방금 전에 주한이 처리했으니까!"

"네? 아니……."

커티스는 눈을 동그랗게 뜨며 샌드 웜의 시체를 노려보았다.

"정말로… 아니! 아닙니다! 저를 따라오는 건 저런 조그만 게 아닙니다!"

"저게 조그맣다고요?"

"그래, 레너드! 아니, 주한!"

커티스는 부릅뜬 눈으로 날 노려보았다.

"저딴 건 비교도 안 돼! 물론 저것도 크지만!"

"대체 얼마나 크다는 말입니까?"

"그러니까 적어도……."

커티스는 눈살을 찌푸리며 죽은 샌드 웜의 길이를 가늠하기 시작했다.

그때 한참 떨어진 곳에 새로운 샌드 웜이 솟아올랐다.

푸화아아아아아악!

그 순간, 나를 포함한 모두가 침묵했다.

너무도 거대한 샌드 웜이 너무도 높은 곳까지 뛰어올랐다.

대체 얼마나 거대한 걸까?

대충 300미터 이상 떨어진 곳이었는데도 그 압도적인 길이를 충분히 실감할 수 있었다.

솟구쳐 오른 샌드 웜이 다시 모래 속으로 파고들기 전에 나는 재빨리 녀석을 스캐닝했다.

이름: 샌드 웜 킹

종족: 웜, 군주

레벨: 33

특징: 사막에 사는 샌드 웜의 최종 형태. 사막에 사는 모든 동식물을 가리지 않고 먹는다. 먹지 않는 건 자신의 동족뿐이다. 해가 지면 활동을 멈춘다.

근력: 429(511)

체력: 443(616)

내구력: 366(378)

정신력: 31(38)

항마력: 388(420)

특수 능력

오러: 0

마력: 0

신성: 0

저주: 513(513)

고유 스킬: 산성 체액(상급), 모래 폭풍(상급), 군주의 포효(중급)

"뭐야, 이 괴물은!"

나는 반사적으로 소리쳤다.

이 녀석은 절대 이길 수 없다.

이건 전생에 인류 저항군에서 상대했던 수많은 몬스터를 통틀어도, 거의 열 손가락 안에 꼽힐 만큼 강력한 몬스터였다.

'등급을 따지면 '위험'과 '재앙'의 사이인가? 어지간한 하급 드래곤보다 강할 것 같은데…….'

어젯밤에 만난 루도카도 이 정도로 강대한 존재는 아니었다.

도망쳐야 한다.

하지만 도망칠 수 없다.

녀석은 사막의 왕이다.

평범한 인간이 바닷속에서 물고기보다 빠르게 헤엄칠 수 없듯, 마찬가지로 사막에서 샌드 웜보다 빠르게 달리는 것도 불가능할 것이다.

그때, 스네이크아이가 죽은 샌드 웜의 입에서 또 하나의 이빨을 부러뜨렸다.

콰득!

"레너드! 여기 이빨 두 개 있어!"

그리고 나를 향해 달려왔다.

"아니……."

나는 이러지도 저러지도 못한 채 스네이크아이를 바라보았다.

"왜 그래, 레너드! 이빨 하나 더 부러뜨려서 달라며!"

"그렇긴 한데, 이건 이제 쓸모가……."

그 순간, 나는 뜻밖의 새로운 활로를 찾아냈다.

그것은 죽은 샌드 웜의 쩍 벌린 아가리였다.

그곳엔 여전히 길이가 1미터쯤 되는 이빨 두 개가 남아 있었다.

"레너드! 응? 뭐야? 혹시 이빨이 더 필요해?"

스네이크아이가 내 시선을 살피며 물었다. 나는 순간적으로 판단하며 고개를 끄덕였다.

"네! 아니! 아니요!"

"뭐?"

"필요하진 않지만 부러뜨려야 합니다! 지금 당장!"

재빨리 직접 돌 하나를 주워 들고 샌드 웜의 시체를 향해 달렸다.

그리고 전력을 다해 녀석의 이빨을 부러뜨렸다.

콰직!

나는 이빨의 뿌리에 최대한 가깝도록 돌을 내려쳤다.

꽈득!

스네이크아이는 여러 번 내려쳐야 했다. 하지만 나는 딱 두 번 만에 깨끗하게 부러뜨렸다.

나는 샌드 웜의 입속에 마지막으로 남은 이빨을 움켜쥐며 소리쳤다.

"모두 여기로 오세요! 빨리! 어서!"

그러자 모두가 내 주위로 모였다. 나는 마지막 이빨을 가차 없이 부러뜨린 다음 작전을 설명했다.

"지금부터 이 샌드 웜의 입속으로 들어갑니다!"

"뭐?"

"주한! 대체 그게 무슨 소린가!"

"미쳤냐? 이 괴물의 아가리로 들어가라고?"

"하! 저 괴물에게 고기를 채운 소시지라도 만들어주려는 거냐?"

모두들 반응이 격했다.

그 와중에도 지면의 울림이 점점 강해졌다. 나는 초조함을 느끼며 소리쳤다.

"지금 오고 있는 건 샌드 웜 '킹'입니다! 절대 싸워서 못 이깁니다! 하지만 샌드 웜은 자신의 동족을 절대 먹지 않습니다! 그러니 샌드 웜의 몸속에 숨으면 무사할 겁니다!"

"뭐? 하지만……."

"하지만이고 자시고!"

나는 경직된 커티스의 멱살을 움켜쥐며 소리쳤다.

"당장 들어가! 죽고 싶지 않으면! 이건 명령이다!"

"아… 알았다."

커티스는 움찔거리며 샌드 웜의 입속으로 기어 들어갔다.

이건 쩍 벌린 아가리의 크기만 4미터쯤 되고, 몸통의 길이는 20미터에 달하는 괴물 중의 괴물이다.

이 정도 크기면 장정 일곱 명쯤은 충분히 들어가겠지…….

나는 샌드 웜의 목구멍으로 기어 들어가는 커티스를 향해 소리쳤다.

"커티스! 거기 공간이 어떤가!"

"충분합니다! 일단 몸을 돌려서 거꾸로 들어가겠습니다!"

커티스는 반사적으로 경어를 쓰며 몸을 빙글 돌렸다.

그리고 낮은 포복 자세로 거꾸로 후진하며 몬스터의 식도 안쪽으로 몸을 집어넣었다.

나는 시간 관계상 모두에게 빠르게 명령했다.

"다음은 스네이크아이다! 빨리 들어가! 그다음은 도미닉!

다음은 빅터! 그다음은 빅맨! 이건 덩치 순이다! 나는 램지 씨와 함께 몬스터의 아가리 근처에서 밖을 정찰하겠다! 당장 움직여! 빨리!"

그러자 모두가 즉각적으로 명령에 따랐다.

나는 마지막으로 램지와 함께 몬스터의 입속으로 들어간 다음, 벌어진 입을 억지로 끌어당겨 닫아버렸다.

순간적으로 어둠과 함께 정적이 찾아왔다.

'숨이 막히는군. 질식하지 않으려면 환기를 해야겠어.'

나는 맞물린 몬스터의 입을 아주 살짝 열고 바깥 상황을 확인했다.

바로 그때, 강한 진동과 함께 눈앞에서 새로운 몬스터가 솟구쳐 올랐다.

푸화아아아아아아아아아아악!

거대한 몬스터.

이것이 바로 사막의 왕이다.

솟구친 충격으로 모래 위에 있던 거대한 바위들이 일제히 사방으로 튕겨 나갔다.

그리고 그중 하나가 죽은 샌드 웜의 몸통으로 떨어졌다.

쿵!

동시에 샌드 웜의 몸 전체가 살짝 흔들렸다. 나는 고개를 돌려 목구멍 쪽에 엎드려 있는 빅맨에게 명령했다.

"안쪽 상황을 보고해. 가장 깊이 들어간 커티스를 체크해라."

그러자 약 10초 후에 보고가 돌아왔다.

"커티스는 괜찮다고 한다."

"좋아. 그럼 모두에게 입 다물라고 전해. 내가 명령할 때까지."

빅맨은 즉시 고개를 끄덕였다. 나는 극한의 긴장을 느끼며 또다시 샌드 웜의 아가리를 살짝 열었다.

녀석은 바로 그 자리에 있었다.

"……."

나는 숨을 죽이며 샌드 웜 킹의 움직임을 살폈다.

내가 볼 수 있는 건 녀석의 거대한 몸통의 일부뿐이었다.

하지만 알 수 있었다. 지금 녀석이 죽은 샌드 웜을 내려다보며 관찰을 하고 있다는 것을.

'이런 곳에 어째서 동족이 쓰러져 있는 걸까?'

'동족은 왜 꼼짝도 안 하는 걸까?'

'그리고 뒤쫓던 먹잇감은 어디 갔을까?'

꼿꼿이 세운 몸통만 봐도 녀석의 생각을 읽을 수 있었다.

그때 머리 위로 뭔가가 떨어졌다.

뚝…….

뚝…….

뚝…….

그것은 피였다. 나는 끔찍한 비린내를 참으며 머리 위로 떨어지는 샌드 웜의 피를 조심스레 닦아냈다.

녀석의 눈알을 너무 깊게 후벼 판 게 문제였다.

하지만 그나마 다행이었다. 만약 떨어지는 게 피가 아니라 산성 체액이었다면? 우린 몬스터의 입속에 스스로 갇힌 채 끔찍하게 녹아내렸을 것이다.

그때 빅맨이 조심스레 내 발을 건드렸다.

"커티스가 전해달라고 한다. 이대로 얼마나 견뎌야 하냐고."

빅터는 덩치에 안 맞게 개미만 한 목소리로 물었다. 나는 그보다 더 목소리를 낮추며 대답했다.

"샌드 웜 킹이 여기서 사라질 때까지다. 혹시 안쪽에 문제가 생겼는지 물어봐라."

"알았다."

빅맨은 고개를 돌려 바로 뒤쪽에 있는 빅터에게 속삭였다. 나는 여전히 그곳에 몸을 세우고 있는 거대한 몬스터의 기척을 느끼며 마음속으로 기원했다.

'제발 그냥 가라… 제발 사라져라… 이건 먹이가 아니야… 이건 네 동족이다… 그리고 죽은 것도 아니라 그냥 잠들어 있는 것뿐이야……'

그때 빅맨이 속삭이듯 말했다.

"문제는 없다고 한다. 냄새가 끔찍할 뿐."

"좋아. 그럼 신호할 때까지 계속 견디라고 해."

나는 살짝 벌린 샌드 웜의 아가리를 통해 바깥 상황을 계속 체크했다.

샌드 웜 킹.

한참 동안 그곳에서 몸을 세우고 있던 녀석은 잠시 후 몸을 천천히 흔들며 자세를 낮추기 시작했다.

덕분에 나는 녀석의 정확한 덩치와 길이를 확인할 수 있었다.

길이는 대략 30에서 35미터 정도.

몸통의 굵기는 어른 셋이 껴안아도 다 못 안을 만큼 굵다.

정말 거대하다.

나는 식은땀이 흐르는 것을 느끼며 생각했다.

'우린 이 사막을 너무 얕봤어.'

정확히는 레비그라스 차원 자체를 너무 무시했다.

수용소의 간수들만 해결할 수 있다면 탈출은 따놓은 당상이라고 생각했는데, 그것은 기껏해야 빙산의 일각일 뿐이었다.

루도카.

그리고 샌드 웜과 샌드 웜 킹까지…….

녀석은 계속해서 죽은 동족의 시체 주위를 맴돌았다.

스륵…….

스르륵…….

나는 문득 녀석의 정신력을 떠올렸다.

'최대 스텟이 38이고… 현재 스텟이 31이었지? 인간이라면 평균보다 높은 수치다. 녀석이 정말로 인간만큼의 지능을 가

지고 있다면 우린 완전히 망한 거야.'

샌드 웜 킹에게 인간 정도의 지능이 있다면, 방금까지 쫓던 먹잇감이 어디로 사라졌는지 충분히 추론할 수 있을 것이다.

하지만 정신력은 '지능'과 같은 의미가 아니다.

만약 지능이 조금 낮다 해도, 인내력이나 집중력이 높으면 정신력 스탯은 평균적으로 높게 나올 수 있다.

나는 거기에 모든 것을 걸었다.

그렇게 얼마나 시간이 지났을까.

샌드 웜 킹은 결국 모래 속으로 천천히 몸을 집어넣기 시작했다.

스르르르르르륵······.

몸통이 얼마나 긴지, 전부 다 모래 속으로 들어가는 데만 1분이 넘는 시간이 걸렸다.

나는 안도의 한숨을 내쉬었다.

하지만 당장 밖으로 나가는 건 위험하다.

십중팔구 샌드 웜은 모래 위의 진동을 감지하며 먹잇감을 포착할 것이다.

덕분에 우리는 안전해졌다고 느낄 때까지 계속해서 샌드 웜의 시체 속에 몸을 숨겼다.

"커티스가 바깥 상황을 궁금해한다."

"커티스가 언제 나갈 수 있는지 물어본다."

"커티스가 숨쉬기 힘들다고 한다."

"커티스가 머리와 배가 아프다고 한다."

"커티스가……."

빅맨은 10분 간격으로 커티스의 의견을 전달했다. 하지만 나는 그저 계속해서 대기하라는 명령을 내릴 수밖에 없었다.

지휘관은 괴로운 법이다.

샌드 웜 킹이 사라지고 2시간이 더 지났을 무렵, 나는 조심스럽게 샌드 웜의 시체에서 빠져나왔다.

그리고 10분 정도 주변을 살핀 다음, 여전히 안에 숨어 있는 동료들에게 나와도 좋다는 신호를 보냈다.

가장 안쪽에 있던 커티스는 이미 탈진으로 기절한 상태였다. 우리들은 축 늘어진 커티스를 억지로 끌어내 가장 먼저 바위 굴에 눕혔다.

거대한 몬스터들의 난동에도 불구하고, 바위 굴은 별다른 피해 없이 그 자리에 남아 있었다.

나는 가장 먼저 주변의 바위를 활용해 바위 굴의 입구를 최대한으로 좁히는 작업을 했다.

천천히.

조심스럽게.

작업이 끝나고 바위 굴 안에 들어가자, 빅터가 물이 담긴 꿀병들을 내밀며 물었다.

"이제 괜찮은 건가? 녀석이 또 오면 어떻게 하지?"

"위험하다 싶으면 다시 샌드 웜의 시체 속으로 기어 들어가야죠."

나는 소량의 물을 연거푸 마시며 긴 한숨을 내쉬었다.

용케 살았다는 생각이 들었다.

하지만 우리가 사막을 횡단하는 이상, 위험은 여전히 존재한다.

빅터는 좁아진 입구 밖을 노려보며 말했다.

"사막에 저런 괴물이 사는지는 몰랐군. 만약에 커티스가 미리 발견했더라면… 탈출 작전 자체를 취소했을 거야."

"커티스는 야간에만 정찰을 했겠죠?"

"그래. 간수들의 눈을 피해서."

"그러니 알 수 없었을 겁니다. 샌드 웜은 주행성이니까요. 밤에는 활동하지 않습니다."

"잘 아는군. 인류 연합은 귀환자 말고도 저런 괴물들까지 상대했던 건가?"

"물론입니다. 머릿수로 치면 훨씬 더 많이 상대했죠. 귀환자는 한 번에 한 명씩 돌아오지만, 몬스터는 떼거리로 오기도 하니까요."

"저런 몬스터가 떼거리라니… 끔찍하군."

빅터는 혀를 내둘렀다.

"그런데 주한?"

"네, 빅터."

"아까 보니 명령을 내리는 폼이 제대로 잡혀 있더군. 역시 장군다워. 이참에 위계를 확실히 잡는 게 어떨까?"

빅터는 윙크를 하며 물었다. 나는 힘없이 웃으며 고개를 저었다.

"좀 전에는 상황이 급해서 그런 것뿐입니다. 이제 와서 전생의 계급을 내세울 생각은 없습니다."

"하지만 명령 체계는 중요해. 집단이 생존하려면 필수적이지. 그러니 내가 한 가지 제안을 하려고 하는데, 다들 괜찮겠나?"

빅터는 다른 부하들을 둘러보며 물었다. 그러자 기절한 커티스와 램지를 제외한 모두가 고개를 끄덕였다.

빅터도 고개를 끄덕이며 말했다.

"좋아. 내 제안은 간단해. 평화로울 때는 지금처럼 편안하게 지내지. 서로의 의견도 듣고. 민주적으로 말이야. 하지만 전시에는 네가 맨 위에서 명령을 내려라. 우린 복종할 테니까. 어떤가?"

빅터의 제안은 합리적으로 들렸다.

나는 길게 고민하지 않고 대답했다.

"네, 그렇게 하죠. 다른 분들도 좋다면 말입니다."

"다들 승낙했으니 걱정 마. 커티스야 군인으로서 누구보다 상하 질서에 민감한 녀석이고… 영감도 불만은 없겠지?"

"내가 무슨 불만이 있겠나?"

램지는 기절한 커티스에게 회복 마법을 쓰고 있었다. 나는 일단락이 되었다는 것을 느끼며 앞으로의 계획을 설명하기 시작했다.

*   *   *

계획은 간단했다.

샌드 웜은 낮에만 움직인다.

때문에 우리들은 철저히 밤에만 이동했다.

물론 샌드 웜과 싸우기 전부터 그럴 계획이었다.

차이가 있다면, 낮에는 정말 바위 굴 속에서 꼼짝도 안 하고 시간을 보낸다는 것뿐.

덕분에 나는 매일같이 새로운 바위 굴을 만들어야 했다.

해가 완전히 저물면 바위 굴에서 나와 서쪽으로 이동한다.

가능한 밤새 쉬지 않고 계속 걷는다.

그리고 동이 트기 두 시간쯤 전부터 새로운 장소에 새로운 바위 굴을 만든다.

그렇게 바위 굴이 완성되면 동이 트기 전에 들어가 휴식을
취한다.

우리는 이 동일한 과정을 일주일 동안 반복했다.

그리고 나는 그동안 하루에 한두 시간씩 오러를 수련했다.

*   *   *

"주한?"

누군가 부르는 소리에 나는 천천히 잠에서 깨어났다.

"…램지 씨?"

"시간이 됐네. 앞으로 두 시간쯤 지나면 해가 완전히 저물
거야."

주름진 얼굴의 흑인이 동굴 밖을 가리켰다. 나는 고개를 끄
덕이며 몸을 일으켜 앉았다.

그러자 빅터가 작은 물병 네 개를 내밀며 말했다.

"일단 물부터 마시라고. 오늘도 그 수련을 할 거지?"

"네, 물론입니다."

나는 한때 꿀병으로 사용되던 조그만 물병을 차례대로 열
어 마셨다.

물에서 희미한 꿀 냄새가 난다.

그러자 커티스가 기다렸다는 듯이 진짜 꿀병 두 개를 바닥
에 내려놓았다.

그렇게 모두가 나를 바라보고 있다.

지난 일주일간, 나는 하루에 한두 시간씩 꼬박꼬박 오러를 수련했다.

어차피 바위 굴 안에서 달리 할 일도 없었다.

그렇게 7일 동안 97의 오러를 추가로 획득했다.

지금 내 오러는 197이다.

레벨도 3이 더 올라 8이 되었다.

근력 스텟은 오러를 발동시키지 않은 상태로 170을 돌파했다.

레벨이 오를수록 바위 굴을 만드는 속도도 점점 더 빨라졌다.

그래서일까? 다른 동료들은 나를 위해 모든 물과 식량과 스케줄을 전적으로 맞춰주었다.

"시작할 때 말해. 방해되지 않게 모두 입 싹 닫고 기다릴 테니까."

빅터가 진지한 얼굴로 말했다. 나는 가볍게 웃으며 고개를 끄덕였다.

"지금부터 시작하겠습니다. 오늘도 수련은 두 번 할 예정이니… 앞으로 30분씩 두 번만 참아주세요."

나는 정좌를 하고 눈을 감았다.

그러자 동굴 안에 있는 여섯 명의 남자가 일제히 숨을 죽였다.

나는 묘한 고양감과 함께 무거운 책임감을 느꼈다.

저들은 기대하고 있었다.

내가 점점 더 강해져서 샌드 웜 킹을 잡아주기를.

하지만 그것은 불가능하다.

샌드 웜 킹의 레벨은 33이었다.

만약 지금까지와 같은 속도로 앞으로 계속 레벨 업을 한다 해도 33의 레벨이 되려면 최소 50일 이상의 시간이 필요하다.

문제는 지금 우리가 가진 물과 식량이 거의 다 떨어졌다는 것이다.

이것은 처음부터 예고된 일이었다.

탈출 전에 확보한 보급품으로는 한계가 있었다. 어차피 장정 일곱이 사막에서 몇 달간 버틸 식량과 물을 확보하는 건 불가능했다.

오히려 지금까지 8일이나 버틴 게 다행이라면 다행이다.

그렇게 때문에 나는 결국 결단을 내려야 했다.

*   *   *

두 번의 수련을 마치고 벌꿀 한 병을 더 마신 다음, 나는 스스로의 능력치를 스캐닝했다.

이름: 레너드 조
레벨: 9

종족: 지구인, 초월자(예비)

근력: 143(181)
체력: 83(148)
내구력: 77(91)
정신력: 92(97)
항마력: 108(108)

특수 능력
오러: 138(202)
마력: 0
신성: 0
저주: 15(15)

지금이라면 죽음을 통해 미래를 엿보지 않더라도 샌드 웜과 거의 대등하게 싸울 수 있을 것 같았다.

물론 샌드 웜 킹은 절대 안 되지만.

바위 굴 밖은 이미 어둑어둑해져 있었다. 우리들은 한결 가벼워진 짐을 챙긴 다음 동굴 밖으로 빠져나갔다.

그리고 언제나처럼 서쪽으로 이동했다.

"주한, 너도 눈치챘겠지만……."

초췌한 얼굴의 빅터가 옆으로 다가오며 말했다.

"이제 하루면 끝나네."

"보급품 말이죠?"

"그래. 식량은 아직 있지만 물이 4리터도 안 남았어. 내일을 넘기기 어려울 거야. 어떻게 할 건가?"

"내일까지 사막의 끝이 안 보인다면, 제가 샌드 웜을 불러내 사냥하겠습니다."

나는 미리 정해놓은 답을 말했다.

사막을 횡단한 지 사흘이 지났을 무렵, 우린 먼저 잡은 샌드 웜의 시체를 그냥 내버려 두고 온 것을 후회했다.

이 물 한 방울 없는 사막에서 녀석의 피나 체액은 귀중한 수분 공급처가 될 수 있기 때문이었다.

하지만 이제 와서 뒤로 돌아갈 수는 없었다.

그리고 샌드 웜의 피나 체액을 마셨을 때 탈이 안 난다는 보장도 없었다.

그래서 우리는 계속 전진했다.

하지만 지금은 상황이 달라졌다.

가지고 있는 물이 바닥나면 어차피 얼마 버티지 못하고 죽는다. 나를 제외한 동료들은 이틀 전부터 자신들의 소변까지 받아 마시기 시작했다.

체력이 약한 램지는 이미 탈수 증상에 시달렸다. 이동할 때는 언제나 빅맨의 등에 업혀 있었고, 그 빅맨도 지난 일주일 동안 덩치가 20%는 쪼그라든 상태였다.

"샌드 웜을 사냥해서 식량과 식수를 확보하겠습니다. 빈 꿀병과 빈 물통에 다시 '마실 것'을 채워 넣을 수 있을 겁니다."

"그래, 그걸 정말 마실 수 있다면 말이지."

빅터는 예상했다는 듯 고개를 끄덕이며 물었다.

"그런데 그냥 샌드 웜이 아니라 '킹'이 나타나면 어떻게 할 건가?"

"샌드 웜 킹이 나타나면… 저로서는 가망이 없습니다."

나는 솔직하게 말했다. 빅터는 어깨를 으쓱이며 물었다.

"지난 일주일 동안 그렇게 강해졌는데도?"

"제가 얼마나 강해졌는지 아시겠습니까?"

"처음 바위 굴을 만들 때는 한 시간 넘게 걸렸지? 그런데 이제는 20분이면 후딱 해치워 버리지 않나?"

"아… 그래도 부족합니다."

나는 고개를 저으며 말했다.

"아무리 좋게 봐줘도 전력이 3배는 차이 납니다."

"3배? 그 정도라면 해볼 만하지 않나? 전쟁에도 3배의 전력 차를 극복한 사례가 더러 있으니까."

"3배라는 건 그런 개념이 아닙니다."

나는 고개를 저으며 설명했다.

"병사 열 명으로 병사 30명을 상대하는 게 아닙니다. 굳이 말하자면… 1세대 전차로 4세대 전차를 상대하는 셈이죠."

"뭐? 그건 불가능하지. 1차 대전의 전차로 최신 현대 전차를 상대하는 꼴이잖나?"

나는 고개를 끄덕이며 말했다.

"아침이 밝으면 제가 소리를 내서 샌드 웜을 유인할 겁니다. 거기서 가장 먼저 달려온 샌드 웜이 '킹'이라면 작전 실패입니다. 그냥 전원 사망이라고 생각하십시오. 그러니 우리들은 킹이 아니라 그냥 샌드 웜이 달려왔을 때만 대비하면 됩니다."

"구체적으로 어떻게?"

"패턴은 저번과 동일합니다. 우선 제가 샌드 웜을 사냥합니다. 거기서 별 탈이 없으면 우리들은 샌드 웜의 피나 체액을 채취합니다. 고기도 먹을 수 있다면 뜯어가는 것도 괜찮겠죠."

"하지만 문제가 생긴다면?"

"문제라면 또 다른 샌드 웜이나 샌드 웜 킹이 뒤를 이어 접근할 경우겠죠?"

"그렇지."

"그러면 저번과 마찬가지로 우리 모두가 죽은 샌드 웜의 몸속으로 들어가 숨습니다. 샌드 웜이 주변에서 사라질 때까지 버티다가 밖으로 나와 채취 작업을 재개합니다."

"음… 좋아. 생각보다 간단하군."

"아니, 그전에 건의할 게 있다."

그때 커티스가 앞으로 달려오며 말했다.

"만약 지금 말한 대로 상황이 진행된다면, 이번에는 샌드 웜의 몸속으로 들어가는 순서를 바꿨으면 한다."

"그건 걱정하지 마십시오."

나는 쓴웃음을 지으며 말했다.

"이번엔 제가 먼저 들어갈 테니까요."

"그건 안 돼. 지휘관은 언제나 현장을 파악해야지."

빅터가 고개를 저었다. 커티스도 동의하며 말했다.

"소령님의 말이 맞다. 그냥 우리끼리 순서를 바꾸도록 하지. 저번에는 덩치 순서대로 정했지? 하지만 실제로 가장 안쪽에 들어가 본 경험에 따르면 덩치는 상관없다. 공간은 충분해. 그러니 순번을 정해 돌아가는 게 좋겠어."

아무래도 커티스는 샌드 웜의 가장 깊은 곳에서 보낸 두 시간이 트라우마가 된 모양이다. 나는 그의 의견에 동의하며 새롭게 순번을 정하기 시작했다.

*   *   *

다음 날 아침, 나는 일부러 주변의 바위를 두드리며 샌드 웜을 끌어냈다.

그리고 한 번의 죽음도 겪지 않고 녀석의 숨통을 끊었다.

먼저 챙겨왔던 샌드 웜의 이빨이 큰 도움이 되었다. 샌드 웜의 이빨은 작은 뼈칼이나 맨주먹보다 훨씬 수월하게 녀석의 눈알을 파고들었다.

그러자 곧바로 다른 샌드 웜이 몰려왔다.

다행히 샌드 웜 킹은 아니었다.

하지만 두 마리가 동시에 몰려온 탓에 우리들은 계획대로 죽은 샌드 웜의 입속으로 들어가 몸을 피하기로 했다.

계획은 성공적이었다.

몰려온 두 마리의 샌드 웜은 10분 정도 주변을 배회하다 하릴없이 사막으로 돌아갔다. 우리들은 한 시간 정도 샌드 웜의 몸속에서 시간을 보낸 다음, 곧바로 녀석의 시체를 찢으며 마실 것을 확보하기 시작했다.

나는 가장 먼저 샌드 웜의 피를 양손에 가득 담은 다음 그것을 스캐닝했다.

이름: 샌드 웜의 피(중급)

종류: 음식, 특수 재료

특수 효과: 식용할 경우 몸에 필요한 에너지를 빠르게 회복한다. 소모된 근력의 회복 속도를 약간 높인다. 독은 없지만 하루에 5리터 이상 마시면 쇼크를 일으킨다.

재료: 각종 마법 도구의 정제에 사용된다.

마법 도구의 정제에 사용된다는 게 무슨 말인지는 알 수 없다.

확실한 건 일단 마셔도 된다는 것이다.

"독은 없습니다! 일단 배가 터질 만큼 피를 마시세요! 하루에 5리터 이상만 안 마시면 됩니다! 그다음에 물통에 받아서 챙겨 갑시다!"

나는 먼저 손바닥에 고인 피를 마신 다음 소리쳤다.

샌드 웜의 피는 끔찍할 정도로 비렸다.

하지만 먹고 탈이 나지 않는 것만으로도 다행이었다.

우리들은 오랜만에 충분한 수분을 섭취했다.

그리고 텅 빈 물통에 샌드 웜의 피를 가득 채운 다음, 계속해서 서쪽으로 이동했다.

서쪽으로.

서쪽으로.

서쪽으로……

그리고 결국 사막의 끝에 도착했다.

처음 수용소를 탈출한 지 25일 만의 일이었다.

그사이 나는 다섯 마리의 샌드 웜을 더 잡았고, 수련을 통해 12레벨에 도달할 수 있었다.

그런데 한 가지 문제가 발생했다.

• 16장 •
레벨이 안 오른다

어째서인지는 모른다.

12레벨이 되고, 오러 스텟 299를 찍은 이후부터 오러가 더 이상 안 올랐다.

동시에 고열과 끔찍한 근육통이 찾아왔다. 나는 마지막으로 만든 바위 굴에 몸을 눕힌 채 식은땀을 흘리며 끙끙거렸다.

"…회복 마법이 안 듣는군."

램지가 손을 떼며 고개를 저었다. 그는 마지막으로 남아 있던 '진짜 물'을 내 입에 흘려 넣으며 말했다.

"혹시 샌드 웜의 피를 너무 많이 마셔서 이러는 게 아닌가? 자네는 우리보다도 거의 두 배쯤 많이 마셨으니까."

"그건 아닌 것 같습니다."

나는 힘겹게 고개를 저었다.

문제의 원인은 분명 오러다.

오러 스텟 299를 찍은 이후부터 증상이 나타났다.

별다른 무리도 안 했고, 충분히 휴식을 취하는데도 내구력과 체력이 좀처럼 회복되지 않는다.

그때 정찰을 나갔던 커티스가 바위 굴로 돌아왔다.

"멀리 불빛이 보인다. 100퍼센트 확신할 수는 없지만 마을이나 도시야. 거리는 여기서 20㎞ 정도. 앞으로 몇 시간만 걸으면 도착할 거다. 그런데……."

커티스는 누워 있는 내 안색을 살피며 물었다.

"걸을 수 있겠냐? 정 안 된다 싶으면 빅맨이나 스네이크아이가 업고 가도 된다."

"…움직일 수 있습니다."

나는 힘겹게 몸을 일으켰다.

"어제보다는 훨씬 좋아졌습니다. 늦장을 부리면 이동 도중에 해가 뜰지도 모릅니다. 빨리 움직이죠."

바위 굴 밖은 이미 캄캄했다. 다른 사람들은 모두 밖에서 짐을 챙겨 들고 기다리고 있었다.

나는 통증과 현기증을 참으며 앞장서 걸었다.

"괜찮나, 주한? 오늘 밤만 버티면 침대에서 편안히 잘 수 있을지 모르니 기운 내라고."

빅터가 옆으로 다가오며 말했다.

나 역시 진심으로 그렇게 되길 원한다.

하지만 우리가 생각하는 것만큼 상황이 낙관적으로 흘러갈지는 모른다.

수용소에 있을 당시, 커티스가 간수들을 염탐하며 알아낸 사실은 극히 단순했다.

수용소의 서쪽에 있는 사막은 신성제국과 '안티카'라는 왕국을 가르는 자연 국경이다.

단지 그것뿐이다.

이 말은 신성제국의 영토만 아닐 뿐, 안티카라는 국가가 신성제국과 우호적인 다른 국가의 영토일 가능성도 있다는 말이다.

물론 신성제국과 적대국일 가능성도 있다. 확실한 건 도시나 마을을 발견한다고 막무가내로 들어가면 안 된다는 것이다.

나는 빅터를 보며 말했다.

"제가 이쪽 세계에 대해 알고 있는 것은 오직 '신성제국'뿐입니다. 그 밖에 다른 어떤 국가나 세력도 모릅니다."

"그래. 그렇다고 했지."

"그러니 우리는 신중해야 합니다. 커티스가 봤다는 불빛에 도착하면… 일단 제가 접근해서 상황을 파악하겠습니다."

"그렇게 해. 하지만 괜찮겠나?"

빅터가 신중한 얼굴로 물었다.

"지금 네 얼굴이 말이 아니야. 무언가 큰 병에 걸린 게 아닌가? 이쪽 세계는 우리가 모르는 병원균이나 바이러스가 있을지도 모르잖나?"

"확률이 없진 않습니다만, 그건 아닐 겁니다."

나는 고개를 저으며 설명했다.

"미래의 인류 연합은 귀환자들이 가지고 돌아왔을지 모르는 '생물학적인 위험'에 대해서도 연구했습니다. 물론 모든 것을 다 조사하진 못했지만… 두 세계의 대표적인 병원균이나 바이러스는 큰 차이가 없다고 결론 내렸습니다."

"정말? 어째서 그게 가능하지?"

"귀환자들이 돌아오기 전부터 두 세계는 서로 연결되어 있었습니다. 눈에 보이지 않는 수십만 개의 미세한 포탈이 있던 흔적을 발견했습니다. 이 포탈을 통해 두 세계의 대기와 먼지가 서로 교류했고, 마찬가지로 세균과 바이러스도 교류했다는 걸 밝혀냈습니다."

"…그렇다면 다행이지만."

빅터는 내 안색을 살피며 눈살을 찌푸렸다.

"어쨌든 괜찮나? 혼자 마을에 들어가 활동할 수 있겠나?"

"물론입니다."

"혹시 저곳이 마을이 아니라 외지인을 적대하는 군사 시설이면 어떻게 할 생각이지?"

"싸워야죠."

나는 주먹을 움켜쥐며 말했다.

당장 이 힘 빠진 주먹으로도 이곳에 있는 모든 인간을 한 방에 고깃덩이로 바꿔놓을 수 있다. 나는 심호흡을 하며 차분하게 마음을 가라앉혔다.

"후우… 하지만 그전에 대화를 시도하고, 최대한 정보를 얻어낼 생각입니다. 일단 '언어의 각인'을 가진 인간을 찾아내는 게 우선이겠죠."

'언어의 각인'은 언어가 다른 모든 인간과 대화가 가능하게 만들어주는 능력이다.

귀환자였던 스텔라의 말에 따르면, 자신이 만났던 신성제국의 인간들 중에 절반 이상이 언어의 각인을 받은 상태였다.

그렇다면 우리가 도착할 마을에도 각인 능력자가 있을 가능성이 높다.

나는 스캐닝을 통해 각인 능력자를 찾아낸 다음, 그에게 최대한의 정보를 뽑아낼 계획이었다.

"먼저 안티카라는 왕국의 기본적인 정보를 알아낼 겁니다. 신성제국과의 관계, 군사력, 보편적인 문화… 마지막으로 우리 같은 '지구인'에 대해 알고 있는지, 그리고 알고 있다면 어떤 식으로 생각하고 있는지도 알아내야겠죠."

빅터는 혀를 내둘렀다.

"철저하군. 누구 하나 붙잡아서 고문이라도 할 생각인가?"

"네, 필요하다면요."

나는 주저 없이 대답했다. 빅터는 코웃음을 치며 고개를 저었다.

"준장님이 하드 코어하구만? 국제법상 고문은 금지되어 있는데 말이야."

"제가 살던 시대엔 그런 거 없었습니다. 그 무엇보다 인류의 생존이 우선이었죠."

나는 오래전 일들을 떠올렸다.

"인간들 중에 레비그라스 차원을 신의 세상으로 믿고, 귀환자를 신의 사도라고 믿는 변절자들의 세력이 있었습니다. 그들은 귀환자만큼이나 위험했습니다. 그래서 우리는 변절자들을 생포해서……."

"아니, 괜찮아. 그다음은 부디 닥쳐줬으면 하는군."

빅터는 눈살을 찌푸리며 고개를 저었다.

"징그러운 이야기는 싫다고. 기분이 우울해지니까."

"…알겠습니다. 하지만 델타포스는 그런 쪽의 일은 하지 않았습니까?"

"물론 목표를 생포하는 작전은 있었지. 정보를 확보하기 위해서… 하지만 생포한 포로가 어떻게 되었는지는 몰라. 알고 싶지도 않고. 차라리 죽이는 게 속 편하지."

빅터는 쩝 소리를 내며 눈살을 찌푸렸다. 나는 가볍게 웃으며 고개를 끄덕였다.

"네. 확실히 죽이는 게 속 편합니다. 광신자를 고문하는 것보다는요."

"후… 재난이었겠어. 미래 말이야. 만약 내가 무사히 지구로 돌아갈 수 있다 해도, 어차피 그런 세상이 올 거라고 생각하면 기분이 썩 좋지 않군."

"미래는 분명히 바뀔 겁니다."

나는 짧게 대답했다.

지구에서는 넘어오는 귀환자를 하나씩 방어하며 처리하는 수밖에 도리가 없었다.

하지만 여기서는 귀환자를 보내는 근본적인 원인을 공격하는 게 가능하다.

그리고 나는 반드시 그것을 해낼 것이다.

"흐음……."

빅터는 그런 내 마음을 읽은 듯했다.

그는 착잡한 표정으로 고개를 저으며 말했다.

"무슨 생각하는지 다 보이는군. 뭐, 나야 아무래도 좋은데… 한 가지 궁금한 게 있어."

"말씀하세요."

"우리들은 일종의 폐기물이었잖아?"

"네?"

"최하급 노예 전사 말이지."

빅터는 손가락으로 자신을 가리켰다.

"우린 재주가 없어서 지구인들 중에서 최하급으로 분류됐지. 그러니까 세뇌도 안 한 거고. 하지만 재주를 인정받은 사람들은 전부 위 단계로 넘어가서 세뇌를 받았지?"

"그렇습니다."

"그 사람들 세뇌를 풀 방법이 있나? 그러니까… 전향자? 그런 귀환자가 있었다고 했지? 세뇌에서 풀린 귀환자 말이야."

나는 스텔라를 떠올리며 대답했다.

"네. 많지는 않지만 분명히 있었습니다."

"그 사람들은 어떻게 세뇌가 풀린 거야? 만약 방법만 알면 끝내줄 텐데 말이지. 여기 있는 수용소를 기습해서 지구인들의 세뇌를 풀면, 모든 귀환자를 아군으로 삼고 신성제국에 역습을 가할 수 있지 않겠어?"

과연 미군 특수부대에서 소령까지 오른 남자답게 전략적인 의견이었다.

"좋은 이야기입니다. 다만 결론부터 말하자면, 세뇌를 확실하게 풀 방법은 없습니다."

"홀리 쉣! 정말인가?"

"최초의 전향자였던 스텔라라는 여성은 지구로 귀환한 지약 3년 만에 세뇌에서 풀려났습니다."

나는 거의 15년 전의 기억을 떠올리며 말했다.

"하지만 그녀는 처음부터 좀 달랐습니다. 귀환 직후에는 인간들을 마구잡이로 공격했지만, 얼마 지나자 갑자기 모습을 감추고 숨어버렸습니다."

"숨었다고?"

"나중에 들은 증언에 따르면, 스텔라는 지구로 돌아온 순간부터 조금씩 세뇌에서 벗어나고 있었다고 합니다. 그녀는 더이상 인간들을 죽이지 않기 위해서 억지로 몸을 움직여 인적이 드문 곳으로 몸을 숨겼습니다. 오히려 인류 저항군이 그녀의 행적을 찾아내면서 군대를 보냈죠."

"…그건 잠자고 있는 개를 건드린 셈이군."

"네. 덕분에 수천의 군대가 무의미하게 목숨을 잃었습니다. 어쨌든 스텔라는 처음부터 끝까지 스스로의 힘으로 세뇌에서 벗어났습니다. 하지만……."

나는 회귀의 반지를 꼈던 2041년의 바로 그날에, 스텔라가 내게 했던 부탁을 떠올렸다.

"가능하면 나를 세뇌로부터 더 빨리 깨워줘. 내가 수만 명의 사람을 죽이기 전에, 내가 죄책감에 사로잡혀 아무것도 하지 못하기 전에……."

그리고 그녀는 자신을 세뇌로부터 더 빨리 깨어날 수 있게 하는 방법을 알려주었다.

"레비교의 신관들이 쓰는 세뇌 방법은 기존의 인격에 추가적인 인격을 덧씌우는 방법입니다. 말로 하면 추상적이지만… 기존의 진짜 나 자신이 내면에 있고, 신관들이 만들어낸 가짜 인격이 외부에 드러나며 육체를 조종하는 셈이죠. 그리고 시간이 지나면 지날수록 가짜 인격이 내면의 진짜 인격을 잠식해서 삼켜 버립니다."

"거기까지 가면 끝장이겠군. 그런데?"

"그런데 스텔라는 지구에서 살던 동안 자신이 좋아하던 것들을 끊임없이 생각하고 또 생각했습니다. 그걸로 가짜 인격이 자신의 모든 것을 잠식하는 것을 막아냈다고 하더군요."

"인상적이군. 하지만 그게 실제로 가능한가?"

"가능했으니 스스로를 지키고 세뇌를 풀어낸 거겠죠. 이후에 추가적으로 돌아선 전향자들도 대부분 비슷한 이야기를 증언했습니다."

핵심은 세뇌를 당한 이후에도 계속해서 진짜 자기 자신을 지켜낼 수 있는지였다.

빅터는 심각한 표정으로 잠시 생각하다 물었다.

"주한? 그동안 총 몇 명의 귀환자가 지구로 다시 돌아왔지?"

"대략 120명입니다. 레비그라스 차원에서만요."

"그럼 그중에 몇 명이나 전향자가 되었나?"

"여섯 명입니다."

"20분의 1인가? 세뇌를 당한 상태로도 스스로를 지켜낸 인간들의 숫자가."

"실제로는 그보다 훨씬 많을 겁니다. 하지만 고통스러운 훈련과 계속되는 추가적인 세뇌로 결국 스스로를 망각했겠죠."

그래서 가능한 빠르게 지구인들을 해방해야 한다.

지금 당장 일반 노예 전사와 상급 노예 전사들을 해방할 수만 있다면, 20분의 1이 아니라 절반 이상이 세뇌에서 벗어날지도 모른다.

  물론 어디까지나 희망적인 추측이었지만…….

  "그렇군. 할 수만 있다면 빠르게 노예 전사들을 해방시키는 게 좋겠어."

  빅터는 이해했다는 듯 고개를 끄덕였다.

  "그리고 주한? 너는 여기서 그 어떤 현지인보다 오러를 빠르게 쌓을 수 있지. 어딘가 안전한 곳을 확보하고 1년 정도 집중적으로 수련하면… 세상의 그 누구보다 강해질 수 있지 않겠나? 그렇다면 지구인들을 해방하는 것도 불가능한 일이 아닐 거야."

  "저도 최종적으론 그런 걸 기대했습니다."

  나는 한숨을 내쉬었다.

  "하지만 생각만큼 쉽지 않습니다. 당장 레벨 업이 막히기도 했고 말입니다."

  "레벨 업?"

  빅터가 눈을 깜빡였다.

  다른 사람들에겐 '레벨'이란 개념을 확실히 설명하지 않았다. 나는 말을 돌려서 설명했다.

  "오러 말입니다. 오러 스텟이 299까지 오르고 더 이상 안 오릅니다."

"무언가 이유라도 있나?"

"모르겠습니다. 단순히 어떤 고비가 찾아온 건지, 어쩌면 인간의 육체가 가진 한계가 있는지도 모르겠습니다. 인간은 일정한 기간 동안 300이 넘는 오러를 쌓지 못한다던가 하는 한계 말입니다."

"복잡하군. 하지만 귀환자들 중에 오러가 300이 넘는 전사는 확실히 존재했던 거지?"

"존재했습니다. 물론 그때는 스캐닝으로 특수 능력의 스텟까지 확인하진 못했습니다만."

"그런데 어떻게 확신하나?"

"지금 제 스텟으로 만들 수 있는 오러의 색이 노란색이니까요. 오러를 다루는 전사는 오러의 색으로 강함을 구분할 수 있습니다."

오러의 색은 사용자의 오러 스텟을 가늠할 수 있게 해준다.

내 오러 스텟이 150을 넘겼을 때, 발동시킨 오러의 색이 붉은색에서 주황색으로 변했다.

그리고 250을 넘기자 주황색에서 노란색으로 변했다.

말하자면 3단계 오러 유저가 된 셈인데, 귀환자들 중에는 그보다 높은 단계인 소드 익스퍼트도 수두룩했다.

그리고 최종 단계인 소드 마스터도.

빅터는 괜찮다는 듯 내 어깨를 두드리며 말했다.

"그렇군. 그렇다면 신경 쓰지 말라고. 언젠가 너도 그 299라는 숫자를 깰 수 있지 않겠어?"

"네. 반드시 깨야죠. 이 정도로는 부족합니다."

신성제국에는 분명 소드 마스터나 아크 위저드급의 강자들이 다수 존재할 것이다. 나는 같은 등급의 귀환자들과 싸웠던 기억을 떠올리며 마음을 다잡았다.

이 정도론 부족하다.

아직 한참 더 강해져야 한다.

우리는 계속해서 사막의 캄캄한 어둠 속을 묵묵히 가로질렀다.

그렇게 몇 시간이 지났을까.

영원히 이어지는 듯한 바위 지대가 끝나고, 티 하나 없이 깨끗한 순백의 모래사막이 모습을 드러냈다.

"저쪽에 불빛이 보이지? 이제 사막도 끝이다."

커티스가 앞으로 나서며 멀리 서쪽을 가리켰다. 우리는 푹푹 빠지는 모래를 밟으며 계속해서 앞으로 나갔다.

나는 저 멀리 어둠 속에 반짝이는 불빛을 노려보았다.

"그럼 이쯤에서 기다려 주십시오. 제가 먼저 가서 마을을 확인하고 정보를 얻어서 돌아오겠습니다."

"내가 가는 게 좋지 않을까? 텔레포트를 활용하면 들키지 않고 정찰이 가능하다만."

커티스가 말했다. 나는 고개를 저으며 대답했다.

"정찰 정도로는 부족합니다. 일단 언어의 각인을 가진 인간을 찾아야 하는데… 그걸 구분할 수 있는 건 저뿐이니까요."

"말이 통하는 능력 말이지? 하지만 간수들은 전부 그 능력을 가지고 있었다. 그럼 나도 상관없지 않을까? 말을 듣고 이해하는 건 충분하니까."

"물론 저 마을 사람들이 모두 언어의 각인을 가지고 있을 가능성도 있습니다. 하지만 저는 염탐을 하려는 게 아닙니다. 신문을 통해 정보를 캐낼 생각입니다."

"신문? 아……."

커티스는 그제야 내가 하려는 일을 파악한 듯했다. 나는 빙긋 웃으며 홀로 서쪽을 향해 걸음을 옮기기 시작했다.

그런데 문제가 생겼다.

그렇게 100미터쯤 앞으로 나가자 어둠뿐인 사막에 우뚝 서 있는 무언가의 실루엣이 보이기 시작했다.

인간.

그들은 모두 인간이었다.

'뭐지, 저 사람들은?'

나는 눈살을 찌푸리며 어둠 속을 응시했다.

당장 내가 확인한 것만 해도 열 명은 되어 보인다.

열 명이 넘는 인간이, 줄이 달린 기다란 막대기를 쥔 채 일정한 간격으로 서 있다.

나는 아주 오래전에 봤던 그와 비슷한 풍경을 떠올렸다.

'낚시? 지금 사막에서 낚시를 하고 있는 거야?'

그런데 그때, 한 남자가 날 발견하며 소리쳤다.

"야! 거기 너! 앞으로 나가면 어떻게 해! 샌드 웜 다 도망가게시리!"

• 17장 •
사막의 도시

나는 내 귀를 의심했다.

'설마 지금 이 사람들이 한밤중에 사막에서 샌드 웜을 잡으려는 건가? 그것도 낚시로?'

나는 즉시 소리친 남자를 스캐닝했다.

이름: 마무사 휴메드

레벨: 2

종족: 레비그라스인

근력: 35(43)

체력: 31(41)

내구력: 49(52)

정신력: 19(21)

항마력: 7(7)

특수 능력

오러: 28(28)

마력: 0

신성: 0

저주: 2

각인: 언어(하급)

절대 아니다.

비록 오러를 다루긴 하지만, 그렇다고 샌드 웜을 낚시로 잡을 인간은 결코 아니다.

"이봐! 거기 내 말 안 들려? 이 사막에서 낚시로 돈을 벌려면 동업자 정신을 준수해야……."

남자는 툴툴거리며 다가왔다. 나는 그제야 남자의 얼굴을 자세히 볼 수 있었다.

나이는 20대 중반 정도일까?

아랍인에 가까운 외형에, 회색빛의 두꺼운 천 옷으로 몸을 덮고 눈에 고글을 끼고 있다.

남자는 내 몸을 위아래로 훑어본 다음 눈살을 찌푸렸다.

"당신 꼴이 왜 그래? 아, 잠깐? 당신, 설마 사막을 넘어온 거야?"

"……."

"꼴을 보아하니 신관이나 병사 같지는 않고, 신성제국에서 탈출한 망명객인가?"

"그렇습니다."

나는 짧게 대답하고 상대의 반응을 살폈다.

상황에 따라선 여기서 이자의 숨통을 끊어놓아야 한다.

남자는 눈을 크게 뜨며 소리쳤다.

"어이! 다들 이리 와봐! 여기 이 사람, 사막을 건너왔어!"

"뭐?"

"정말이야?"

그러자 주변에 있던 다른 낚시꾼들이 우르르 몰려들었다.

나는 천천히 오러를 움직이며 낚시꾼 전원을 제거할 준비를 했다.

이들이 적이라면, 더 많은 적을 불러오기 전에 여기서 끝장내야 한다.

단 한 명도 빠짐없이.

하지만 그럴 필요는 없었다.

몰려온 남자들은 그저 신기하다는 얼굴로 떠들어대기 시작했다.

"정말이야? 신성제국에서 탈출했다고?"

"아브자니 율트 로모엔타 기엔시다스?"

"저 사막을 무슨 수로 건넜대?"

"샌드 웜은 어쩌고? 밤에만 이동했나?"

"이 사람, 갑자기 공격하는 거 아니겠지?"

몇 사람의 말은 이해할 수 없었다. 나는 일단 무해함을 알리기 위해 양 손바닥을 펼쳤다. 그리고 마무사라는 남자를 대표로 상대했다.

"일단 공격할 생각은 절대 없으니 안심하셔도 됩니다. 그리고 말씀하신 대로입니다. 저는 신성제국에서 탈출했습니다. 그런데 여러분들은 누구십니까?"

"우리? 우리야 돈 좀 벌어보려는 낚시꾼들이지."

마무사가 어깨를 으쓱이며 물었다.

"그런데 당신 말이야. 정말로 저 사막을 횡단해서 건너온 거야?"

"그렇습니다."

"사막 너머에 신성제국의 노예 수용소가 있다고 들었는데, 그럼 혹시 거기서 탈출한 거야?"

순간 경고음이 머리를 울렸다. 나는 남자들의 반응을 최대한 신중히 살피며 물었다.

"그걸 알고 계십니까?"

"응? 뭘 말이야? 신성제국이 작년에 지구인들을 강제로 소환해서 노예 전사로 삼은 거? 아니면 당신이 거기서 탈출한 거?"

"…전부 알고 계시군요."

"당연하지. 전 세계가 떠들썩한 사건이었으니까. 어휴! 아주 난리도 아니었다고."

마무사는 몸을 흔들며 호들갑을 떨었다.

"그야말로 전 세계가 둘로 갈라져서 전쟁이라도 벌일 참이었다니까? 그럼 당신 정말 지구인이야?"

"……."

"에이, 너무 그렇게 경계할 거 없어. 우린 그 정신 나간 신성 제국 놈들과는 다르니까. 자유 진영에 온 걸 환영하네! 지구인 형제여."

마무사는 과장스러운 동작으로 인사를 건넸다.

나는 일단 속으로 안도의 한숨을 쉬었다.

아무래도 강제적인 취조나 고문 없이 정보를 얻어낼 수 있을 것 같다.

나는 최대한 우호적인 표정을 지으며 물었다.

"감사합니다. 그런데 그 '자유 진영'이 정확히 뭔가요?"

"자유 진형? 크, 이 친구 진짜 아무것도 모르나 보구만?"

마무사는 다른 동료들을 보며 안타까운 표정을 지었다.

"자유 진형은 '신의 경전'을 국법으로 따르지 않는 나라들을 하나로 묶어서 부르는 칭호라고. 바로 내 뒤에 있는 '뱅가드'도 자유 진영의 왕국인 안티카의 도시고. 그러니 너무 두려워하지 마. 안티카는 신성제국에서 넘어온 망명객에게 우호적이니까."

"그건 반가운 이야기군요."

하지만 당장 이자가 한 이야기를 모두 믿을 수는 없다. 나는 미소 속에 경계심을 숨기며 남자의 이야기에 집중했다.

마무사는 활짝 웃으며 등에 메고 있던 커다란 물통을 내밀었다.

"그럼 먼저 물부터 좀 마시라고. 몸이 안 좋지? 이 추운 밤에 땀을 흘리다니 말이야. 내가 고향에서 이름난 수전노지만 처음으로 자유 진영에 도착한 지구인 형제를 위해 이 정도 은혜쯤은 베풀 수 있지."

"…잠시만요."

나는 물통에서 출렁거리는 소리를 들으며 물었다.

"혹시 여기는 상대가 권한 물을 마시지 않으면 엄청난 실례라던가 하는 풍습이 있습니까?"

"풍습? 아니, 딱히 그런 건 없는데?"

"그렇다면 감사하지만 사양하겠습니다."

"엥? 아직도 경계하는 거야? 안 그래도 되는데."

마무사는 툴툴거리며 물통을 다시 등에 멨다.

"상관없으니 마음대로 해. 보아하니 신성제국에서 고생 좀 했나 보구만. 이렇게 까칠하게 나오는 걸 보니."

"죄송합니다. 그보다 여러분들은 이 시간에 여기서 뭘 하고 계신 겁니까?"

나는 진심으로 그것이 궁금했다.

마무사는 들고 있던 낚싯대를 흔들며 대답했다.

"우린 낚시꾼이니까. 낚시를 하고 있었지."

"사막에서 말입니까?"

"이상한가? 안티카에서 샌드 웜 낚시는 흔한 돈벌이인데…
지구는 돈벌이가 안 되나 보지?"

"애초에 지구에는 샌드 웜이 없습니다. 그보다 그런 낚싯대
로 정말 샌드 웜을 낚는 겁니까?"

"그래. 좀 허접하지? 그래도 내가 이걸로 1미터쯤 되는 샌드
웜을 잡아봤다고. 얕보면 안 돼."

언어의 각인은 서로 다른 도량형까지 번역해서 알려주었다.
덕분에 나는 이 남자들이 정확히 어떤 샌드 웜을 낚고 있는지
파악할 수 있었다.

나는 웃으며 말했다.

"아, 여러분들은 모두 샌드 웜 '새끼'를 낚고 계신 거군요."

"새끼? 그야 당연하지. 설마 미쳤다고 성체를 낚겠어? 하하
하하하!"

마무사와 동료들은 내 말이 웃긴지 동시에 폭소를 터뜨렸
다. 나는 분위기가 훈훈해지는 것을 느끼며 빠르게 질문을 던
졌다.

"제 이름은 주한이라고 합니다. 당신의 이름을 알려주시겠

습니까?"

"나? 나는 아자후 마을의 마무사 휴메드라고 해. 편하게 마무사라고 부르라고."

"그럼 마무사, 혹시 저를 안내해 주실 수 있겠습니까?"

"안내? 무슨 안내?"

"저 뒤에 있는… 뱅가드라는 도시 말입니다. 외지인이 먼저 들려야 할 관청이 있습니까? 아니면 여관이라도 좋으니……."

"아, 그건 안 돼."

마무사는 딱 잘라 거절했다.

"나는 아직 샌드 웜 새끼를 한 마리도 못 잡았다고. 새끼들은 성체와는 달리 밤에만 활동하거든. 그래서 오밤중에 이러고 있는데… 아무튼 하루 벌어 하루 먹고사는 처지인데 돈벌이를 날릴 수는 없어."

"그렇습니까……."

"매정하다 생각하지 마. 이 동네 사람들을 전부 나보다 더한 수전노들이니까. 물론 돈을 준다면 친절히 안내해 주겠다만… 꼴을 보아하니 가진 게 아무것도 없지? 그럼 그냥 도시에 들어가서 대로를 따라가. 운 좋으면 경비병이 보일 거야. 그 사람들에게 사정을 설명하면……."

"잠시만요."

나는 마무사의 말을 끊었다.

"여러분들이 이 밤중에 샌드 웜의 새끼를 잡는 이유는 그게 돈이 되기 때문입니까?"

"응? 그야 뭐, 당연하지."

"샌드 웜의 정확히 뭐가 돈이 됩니까?"

"그야 물론 이빨이지."

마무사는 자신의 이빨을 가리키며 말했다.

"이빨이 돈이 돼. 가죽도 팔 수 있지만 거의 푼돈이고."

"그렇군요. 샌드 웜 새끼의 이빨이 돈이 된다……."

그것은 중요한 정보였다. 나는 몸을 돌려 동료들이 기다리고 있는 어둠 속을 향해 소리쳤다.

"여러분! 모두 이쪽으로 오십시오!"

*   *   *

수전노라는 단어는 그 자체로 부정적인 의미다.

억지로 좋은 뜻을 붙이자면, 어쨌든 돈 문제에 에누리 없이 철저하다는 것을 의미할 수도 있다.

마무사는 철저히 후자에 가까운 수전노였다.

"이거 진짜배긴데? 샌드 웜 성체의 이빨이라니… 내가 아무리 돈이 궁해도 사기꾼은 아니야. 도시를 안내해 주는 대가로 이걸 받는 건 말도 안 돼."

마무사는 고개를 저었다.

그는 샌드 웜의 이빨을 다시 돌려주며 말했다.

"이거 하나면 뱅가드의 '전문 가이드'를 열흘은 고용할 수 있을 거야. 조금 귀찮더라도 마법 도구 상점이나 환전소에 가서 돈으로 교환해서 쓰는 게 좋겠어."

"마법 도구 상점이나 환전소는 이 밤중에도 엽니까?"

"그럴 리가. 최소한 정오는 지나야지."

"그렇다면 상관없습니다."

나는 샌드 웜의 이빨을 다시 내밀었다.

"지금부터 제가 당신을 고용하겠습니다. 마무사, 앞으로 사흘만 저희들을 따라다니면서 필요한 정보를 알려주세요. 그거면 충분합니다."

"지금 나를 가이드로 고용하겠다고?"

나는 고개를 끄덕였다. 마무사는 심각한 표정으로 샌드 웜의 이빨을 노려보았다.

그러자 다른 낚시꾼이 옆으로 다가오며 부추겼다.

"좋은 기회잖아, 마무사? 어차피 오러 수련도 힘들어죽겠다고 노래를 부르면서, 이참에 가이드로 전업하지그래?"

"무슨 소리야! 난 반드시 '무투사'가 돼서 이름을 날릴 거라고!"

마무사는 정색을 하며 소리쳤다.

하지만 마음이 동했는지, 이내 샌드 웜의 이빨을 받아 들며 말했다.

"좋아. 거래하겠어. 나, 마무사 휴메드가 앞으로 사흘 동안 당신들의 가이드가 돼주지."

"감사합니다, 마무사."

나는 미소와 함께 고개를 숙였다. 마무사는 어깨를 으쓱이
며 몸을 돌렸다.

"그럼 다들 월척을 낚으라고! 난 이미 큰 걸로 한 마리 낚았
으니까!"

낚시꾼들이 손을 들며 마무사의 인사에 화답했다. 우리들
은 푹푹 빠지는 사막을 걸으며 마무사의 뒤를 따르기 시작했
다.

"괜찮은 건가, 저 사람? 그리고 이 도시는?"

빅터가 신중한 얼굴로 물었다. 나는 긍정도 부정도 하지 않
은 채 대답했다.

"안티카 왕국은 신성제국과는 전혀 다른 분위기인 것 같습
니다. 물론 자세한 건 직접 확인해야 알 수 있겠지만요."

"그렇다면 다행인데… 어쨌든 샌드 웜의 이빨을 몽땅 챙겨
오길 잘했군."

빅터는 뒤를 돌아 동료들을 살폈다. 도미닉과 빅맨은 기나
긴 여행으로 텅 비어버린 배낭에 샌드 웜의 이빨을 가득 꽂아
넣고 있었다.

"정말로 저게 돈이 되었군. 챙기길 잘했어."

"물론입니다. 마법 도구의 재료라고 하니까요."

나는 몇 주 전에 샌드 웜의 이빨을 스캐닝했던 기억을 떠올

렸다.

    이름: 샌드 웜의 이빨(중급)
    종류: 특수 재료
    재료: 각종 마법 도구의 제작에 사용된다.

    덕분에 다른 건 몰라도 샌드 웜의 이빨만큼은 챙겨서 모아
왔다.
    "이걸 팔면 당분간 먹고살 걱정은 없을 것 같습니다. 일단
자리를 잡고 안전을 확보한 다음 필요한 정보를 얻도록 하죠."
    "해야 할 건 얼마든지 있지. 일단 목욕이라든가, 가르쳐 준
다고 했던 오러의 수련이라든가… 하지만 여긴 정말 괜찮은
건가?"
    빅터는 고개를 돌려 어둠 속의 사막을 노려보았다.
    "여긴 신성제국과 가장 가까운 땅이잖아? 수용소와 가장 가
깝기도 하고. 만약 그 녀석들이 공격해 오면 최전선이 될 텐데?"
    "저도 그럴 거라 생각합니다."
    나는 점점 크게 보이는 도시의 불빛을 응시했다.
    "그래서 더욱 가치가 있습니다. 제게 말이죠. 다른 분들에겐
어떻게 느껴질지 모릅니다만… 결국 선택을 해야 할 겁니다."
    "선택?"
    "저는 싸울 겁니다. 하지만 다른 분들에게 그것을 강요할

생각은 없습니다."

나는 정면을 바라보며 말했다. 빅터는 심각한 표정으로 말 없이 생각에 잠겼다.

*　　　*　　　*

과거의 인류 연합은 레비그라스를 소위 '판타지 차원'이라 불렀다.

덕분에 나는 레비그라스의 행정 구역에 대해 막연한 고정 관념을 가지고 있었다.

평범한 마을은 수십 명에서 백여 명 정도가 모여 사는 곳.

도시는 수천 명 정도가 모여 사는 곳.

그리고 한 국가의 수도 정도가 되는 큰 도시엔 몇만 명의 인구가 집결해 있을 거라 생각했다.

유일하게 정보가 있는 신성제국의 성도(聖都) '류브'라면 수십만의 인구를 지탱하고 있지 않을까?

하지만 착각이었다.

사막의 도시와 좀 더 가까워졌을 때, 나는 그동안 커다란 착각을 하고 있다는 것을 실감했다.

이 도시는 내가 막연히 상상했던 그런 규모의 도시가 아니 었다.

뱅가드.

낮은 성벽에 둘러싸인 도시의 외곽은 실로 끝이 보이지 않을 만큼 한없이 펼쳐져 있었다.

"입국 심사 같은 건 없으니까 걱정 말고 들어가자고."

마무사는 가장 가까운 곳에 있는 성문을 향해 걸어갔다. 나는 마무사의 옆으로 바짝 붙으며 물었다.

"성문이 그냥 열려 있는데 아무도 지키지 않는 겁니까?"

"응. 여긴 외성이니까."

"외성이요?"

"뱅가드는 두 구역으로 나뉘어 있어. 우리 같은 평범하고 열심히 사는 사람들이 모여 사는 외곽 도시, 그리고 부자와 귀족들이 모여 살고 있는 내곽 도시."

"아……."

"내곽 도시를 둘러싼 내성은 높고 경비도 철저하지. 대부분의 정예군은 모두 거길 지키고 있고."

"대우가 전혀 다르군요."

"그게 오히려 속 편해. 매일 밤마다 낚시를 나가는데 경비병들이 붙잡고 귀찮게 굴면 더 짜증 나지 않겠어?"

마무사는 가볍게 설명했다.

그렇게 우리들은 활짝 열려 있는 성문을 지나 뱅가드의 도시 안으로 발을 들여놓았다.

한밤중이었지만 시내는 어둡지 않았다.

곳곳에 횃불이 밝혀져 있다.

특히 한밤중에도 문을 열고 있는 다양한 가게들이 대로를 따라 끝없이 이어져 있다.

"뭐냐, 여긴……."

"대단한데?"

"규모가 장난 아니야."

동료들의 탄식이 들렸다. 우리들은 마치 대도시에 처음 도착한 시골 촌놈처럼 보일 것이다.

일단 입고 있는 옷부터 심각했다. 나는 대로를 걸어 다니는 사람들의 시선을 느끼며 먼저 앞서가는 마무사를 붙잡았다.

"잠시만요, 마무사."

"응? 내가 너무 빨리 걸었나?"

"아닙니다. 그보다 지금 우린 어디로 가는 겁니까?"

"어디? 어디긴 어디야, 여관이지."

마무사는 멀리 대로의 끝을 가리키며 말했다.

"여기서 쭉 안쪽으로 가면 내가 살고 있는 여관이 나와. 싼값에 장기 투숙도 가능한 좋은 여관이라고. 우선 거기에 짐을 푸는 게 좋지 않을까?"

"관청은요? 뭔가 등록 같은 걸 할 필요는 없습니까?"

"물론 해야지. 근데 '구역 관리소'도 아침은 되어야 문을 여니까. 먼저 여관에서 쉬다가 내일 천천히 찾는 게 좋지 않겠어?"

"알겠습니다. 그런데 혹시 이 시간에 옷을 구입할 수 있을까요?"

"옷? 아… 그래, 당신들이 입고 있는 그 걸레짝부터 좀 바꿔야겠구만. 내가 적당한 걸로 몇 벌 가져올 테니 걱정 말라고."

"감사합니다. 추가로 경비를 드려야 합니까?"

"필요 없어."

마무사는 씩 웃으며 말했다.

"샌드 웜의 이빨 하나면 몇 달은 먹고살 텐데. 그 정도는 서비스해 줄 수 있지."

마무사는 여유가 있었다. 나는 더 이상 군말 없이 그의 뒤를 따랐다.

"일단 오늘 숙박비도 내가 가진 걸로 계산할게. 당신들은 내일 해 뜨면 마법 도구 상점이라도 찾아가라고. 샌드 웜 성체의 이빨 스무 개라니… 다 팔면 5번 구역쯤에 작은 저택이라도 하나 살 수 있지 않을까?"

"알고 있는 상점을 소개시켜 주실 수 있습니까? 사기 치지 않고 믿을 수 있는 곳으로 말입니다."

"걱정 말라고. 당장 내가 받은 것도 최대한 비싸게 팔아야하니까."

마무사는 자신의 배낭에 꽂아 넣은 샌드 웜의 이빨을 손끝으로 건드렸다.

나는 한밤중에도 고소한 냄새가 진동하는 대로의 식당들을 둘러보며 물었다.

"냄새가 좋군요. 뱅가드는 구역별로 나눠져 있는 겁니까?"

"응? 맞아."

"여긴 몇 번 구역입니까?"

"여긴 27번 구역이지."

"뱅가드는 모두 몇 개의 구역이 있습니까?"

"외곽 도시에만 127개."

마무사는 별거 아니라는 듯 말했다. 나는 도시의 거대한 규모를 다시 한 번 실감하며 물었다.

"혹시 뱅가드의 인구가 얼마나 되는지 알고 계십니까?"

"인구? 인구는 잘 모르겠는데……."

마무사는 눈살을 찌푸리며 고개를 갸웃거렸다.

"구역 관리소에 가면 알려주려나? 잘은 몰라도 50만 명은 넘지 않을까?"

그것은 내 예상을 아득히 초월하는 엄청난 숫자였다. 나는 곧바로 다음 질문을 던졌다.

"뱅가드는 '안티카 왕국'에 속한 도시죠?"

"물론이지."

"그럼 안티카 왕국은 인구가 어느 정도입니까?"

"켁, 또 인구야?"

마무사는 골치 아프다는 얼굴로 날 바라보았다.

"왜 그렇게 인구에 관심이 많아? 어디 사람 많은 데 가서 장사라도 하려고? 그럼 그냥 딴 데 말고 여기서 해. 뱅가드도 꽤 큰 도시니까."

"인구에 관심이 많은 게 아니라 그냥 이 세계의 모든 것에 관심이 많은 겁니다. 저는 아무것도 모르니까요."

나는 솔직하게 대답했다. 마무사는 머리를 벅벅 긁으며 귀찮다는 표정을 지었다.

"나는 가이드로 고용된 거지 선생으로 고용된 게 아니라고… 아무튼 좋아. 나도 확실히는 모르지만, 안티카의 인구는 대충 600만 명쯤 될 거야."

"600만이라……."

"안티카 전역에 뱅가드 정도의 도시가 대여섯 개는 있으니까. 거기에 사방에 흩어져 있는 수백 개의 마을을 몽땅 합치면 그 정도는 충분히 될걸?"

"그렇군요. 그럼 신성제국은 어느 정도입니까?"

"신성제국? 거긴 안티카의 다섯 배도 넘지."

"그럼 인구가 3천만입니까?"

"아, 아니지. 그건 확실하지 않아."

마무사는 고개를 저으며 말했다.

"내가 들은 건 신성제국의 군사력이 안티카의 다섯 배가 넘는다는 말이었어. 인구는… 잘 모르겠네. 신성제국 자체가 워낙 넓고 제후국도 많아서."

"제후국이라… 그렇군요."

이름부터 제국이니 거기에 복속된 약소국도 많을 것이다. 마무사는 내 표정을 살피며 어깨를 으쓱였다.

"당신들 지구에서 소환된 인간들이지? 강제로? 나야 자세히는 모르지만… 혹시 복수 같은 걸 생각한다면 그만두는 게 좋을 거야. 신성제국은 엄청 크고 강하니까. 그냥 똥 밟았다 생각하고 자유 진영에 자리 잡고 열심히 사는 게 좋지 않겠어?"

"그렇군요. 과연, 확실히 그게 좋을 것 같습니다."

나는 마음에도 없는 소리를 진지하게 말했다. 마무사는 연신 고개를 끄덕이며 말을 이었다.

"그래그래. 그게 좋아. 당신들 정도면 일자리 얻기도 쉬울걸? '바위 사막'의 샌드 웜을 사냥할 정도라면 말이야. 주한? 당신, 오러 유저지? 아니면 로우 위저드(Low wizard)? 아무튼 실력이 있으니 일자리 구하는 건 쉬울 거야. 사람은 자고로 자리 잡고 일해서 먹고사는 게 제일이지. 물론 나는 그다음을 보고 있지만 말이야."

"그다음요?"

"난 무투사가 될 거라고."

마무사는 들고 있는 낚싯대를 날렵하게 휘두르며 말했다.

"지금은 비록 훈련 중이지만, 언젠가 오러를 각성하면 바로 무투사로 등록할 거야. 그다음은 격렬하고 화려한 인생의 시작이지. 난 반드시 성공할 거라고."

"무투사는… 용병 같은 겁니까?"

"용병? 아니야, 선수지."

"선수요?"

"운동선수 말이야. 지구엔 그런 거 없어? 선수끼리 치고받고 싸우고? 관중들이 구경하고 환호성을 지르고? 돈도 걸고 따고 잃고 하는 거?"

그런 거라면 물론 있었다.

아마도 복싱이나 종합 격투기 같은 것이리라.

하지만 마무사의 오러 스텟은 28이다.

물론 앞으로 22만 더 높이면 1단계 오러 유저가 될 수 있겠지만, 그 정도로는 업계에서 성공을 장담하기 힘들 것 같았다.

하지만 지금 우리들에게 있어, 즉석에서 고용한 가이드의 장래희망 문제 같은 건 아무래도 상관없는 이야기였다.

나는 마무사의 이야기에 적당히 맞춰주며, 그저 이쪽 세상의 문화를 이해하는 것에 집중했다.

*　　　*　　　*

마무사가 안내해 준 여관의 이름은 '모래의 집'이었다.

당장에라도 무너질 듯 불안한 이름이다.

하지만 지금은 찬밥 더운밥 가릴 때가 아니다. 마무사는 침대가 네 개짜리 방을 두 개 잡았고, 나와 램지와 커티스와 스네이크아이가 한 방을 쓰기로 했다.

나는 간단한 불침번만 정한 다음 곧바로 침대에 쓰러졌다.

　　　　*　　　　*　　　　*

　잠에서 깨어난 건 늦은 오후였다.

　아마도.

　창밖으로 쏟아지는 눈부신 빛에 정신을 차렸다. 나는 텅
빈 방을 둘러보며 천천히 몸을 일으켰다.

　열도 내렸고, 두통이나 근육통도 거의 느껴지지 않았다.

　'진짜 편안한 잠자리가 도움이 된 건가? 그럼 체력이나 내구
력도 회복되었을까?'

　나는 별생각 없이 스스로의 능력치를 스캐닝했다.

이름: 레너드 조
레벨: 12
종족: 지구인, 초월자(예비)

근력: 158(214)
체력: 148(190)
내구력: 92(137)
정신력: 82(98)
항마력: 117(123)

특수 능력

오러: 245(299)

마력: 0

신성: 0

저주: 15(15)

초월: 시공간의 축복 — 죽으면 5분 전으로 회귀. 하루 5회

초월: 스캐닝(최상급) — 하루 10회

퀘스트1: 회귀의 반지를 파괴하라(최상급)

퀘스트2: 신성제국을 무너뜨려라(최상급)

퀘스트3: 레비교의 대신전을 파괴하라(상급)

퀘스트4: 레비교의 신관을 30명 제거하라(중급) — 현재 4명 제거

퀘스트5: 레비그라스 차원에서 처음 30일을 생존하라(하급) — 성공!

체력도, 내구력도 모두 상당히 회복된 상태였다.

확실히 몸은 회복된 것 같다. 하지만 오러가 299에서 더 성장할지는 아직 미지수였다.

하지만 당장은 그게 문제가 아니었다.

나는 다섯 번째 퀘스트에 붙어 있는 '성공!'이란 단어에 집중했다.

'이제 겨우 30일이 지났구나. 기분은 석 달쯤 지난 것 같았는데.'

그만큼 사막에서의 생존이 힘겨웠다는 뜻이리라. 나는 '성공!'이란 단어를 바라보며 의식을 집중했다.

그러자 순간 스텟창이 사라지며 새로운 문자가 눈앞에 나타났다.

[퀘스트 성공. 보상을 고르시오.]
[보상은 아래 두 가지 중에 하나를 고를 수 있다.]
[1. 기본 능력의 상승]
[2. 특수 능력의 상승]

'뭔가 이상한데?'

전에 퀘스트를 성공했을 때는 보상에 세 번째 선택문이 있었다.

'보상으로 각인 능력의 등급 상승이 아예 안 뜬 건가? 이미 끝까지 등급을 높여서?'

생각해 보면, 지금 나는 각인 능력 자체가 없다.

유일한 각인 능력인 스캐닝이 '초월' 능력으로 업그레이드했으니까.

그렇다면 결국 기본 능력이나 특수 능력의 스텟을 높일 수밖에 없다.

나는 299에서 멈춰 버린 오러를 떠올렸다.

퀘스트의 성공으로 높아지는 스텟은 10이다.

처음 퀘스트를 성공했을 때는 멋도 모르고 오러 스텟을 높였다.

그때는 그 결정을 후회했다. 하지만 지금은 경우가 다르다.

'299를 찍은 이후로 수련을 반복해도 오러가 올라가지 않는다. 오히려 몸이 나빠졌지. 그렇다면 여기서 보상을 통해 단숨에 300 이상으로 높이는 게 좋지 않을까?'

아무리 생각해도 그것이 유일하고 매력적인 방법으로 느껴진다.

하지만 나는 쉽게 선택하지 않았다.

문제는 이것이 '느낌'이라는 것이다.

선택과 판단은 느낌만으로 정하면 안 된다.

지금 당장은 그것이 가장 매력적으로 보여도, 시간이 지나면 섣부른 판단이었다는 것이 드러날지도 모른다.

첫 번째 퀘스트를 성공했을 때처럼…….

그래서 나는 선택을 보류했다.

지금 나는 회귀한지 처음으로 '안전'이란 상황을 만끽하고 있다.

물론 경계심을 완전히 놓을 수는 없다.

하지만 지난 한 달 간의 모험에 비교하면, 지금은 마치 강철로 만들어진 벙커 속에 안락하게 몸을 숨긴 기분이었다.

그러니 당장 퀘스트의 보상을 선택할 필요는 없다.

그것 말고도 해야 할 일은 많았다.

우선 입고 있던 걸레짝을 벗어버린 다음, 옆 침대에 놓인 새 옷을 집어 입었다.

'내가 자는 동안 마무사가 가져다놓은 걸까······.'

하얀색의 옷은 그야말로 사막의 백성이 입을 만한 디자인이다.

옷을 갈아입은 후, 곧바로 심한 갈증과 허기를 느끼며 방문을 열었다.

그러자 문 근처에 서 있던 스네이크아이가 손을 들었다.

"여, 주한, 일어났나?"

"좋은 아침입니다. 아니, 좋은 오후라고 해야겠군요. 경비를 서고 계신 겁니까?"

"뭐, 그렇지."

"다른 분들은 모두 어디 있습니까?"

스네이크아이는 손가락으로 옆방을 가리켰다. 나는 그가 들고 있는 거대한 고깃덩이를 힐끔 보며 웃었다.

"맛있어 보이는군요."

"생각보다 먹을 만해. 너도 얼른 들어가라."

나는 즉시 옆방으로 들어갔다.

문을 열자마자 강렬한 향신료 냄새가 코를 찔렀다.

"오, 주한! 드디어 일어났군. 어서 오라고."

빅터가 먼저 손을 들며 환영했다. 나와 스네이크아이를 제외한 모두가 방바닥에 둘러앉아 만찬을 즐기고 있었다.

나는 쓴웃음을 지으며 빈자리에 끼어 앉았다.

"식사 중이셨군요. 마무사, 당신이 가져다주신 겁니까?"

"당연하지. 지구 촌놈들은 아직 거리에 나서는 게 무리라고."

마무사는 손에 쥔 물 잔을 앞으로 내밀며 말했다. 나는 음식에 독이 들었을지도 모른다는 걱정과 강렬한 갈증 사이에서 3초 정도 갈등했다.

'어차피 오르는 독에 면역이니까.'

나는 물 잔을 받아 단숨에 마셨다.

"감사합니다. 물맛이 아주 좋군요."

"뱅가드 물맛이 탁월하지. 지하 1천 미터에서 끌어 올린 천연 암반수라고. 아, 일단 고용주에게 보고부터 해야겠군."

마무사는 뒤춤에 차고 있던 두툼한 주머니를 내밀며 말했다.

"당신이 자고 있는 사이에 여기 있는 형씨한테 부탁을 받았어. 자, 여기."

"이게 뭡니까? 돈?"

주머니 속엔 구릿빛의 동전이 가득 들어 있었다. 그러자 빅터가 손가락으로 코밑을 쓸며 말했다.

"샌드 웜의 이빨을 하나 팔았어. 아무래도 당장 쓸 돈이 있어야 할 것 같아서. 먼저 동의를 구하지 않은 건 미안하군."

"세상모르고 자고 있었는걸요. 더욱이 전시도 아닌데 제 명령을 우선할 필요는 없습니다."

나는 고개를 저으며 돈주머니를 닫았다.

"이게 정확히 얼마입니까?"

"600씰."

"씰?"

"안티카 왕국의 화폐가 씰이야."

마무사는 손가락 세 개를 펼치며 말했다.

"내가 뼈 빠지게 30일을 일하면 300씰을 벌까 말까 한다고. 당신들이 앞으로도 계속 '안전하게' 샌드 웜을 사냥할 수 있다면 말 그대로 떼돈을 벌 수 있을 거야. 이참에 아예 헌터로 나서볼 텐가?"

"고려해 보겠습니다. 그런데……."

나는 바닥에 벌려놓은 음식들 중에 커다란 닭다리 같은 것을 집어 들며 말했다.

"…우선 관청에 들려야 하지 않겠습니까?"

"당신, 관청 되게 좋아하는구만?"

"좋아하는 게 아닙니다. 불법 입국 같은 걸로 걸리면 불이익을 받을까 봐 그렇습니다."

"하긴, 신고도 안 하고 돈벌이를 계속하면 단속에 걸릴 때도 있더라고. 아무튼 이거 전부 먹고 나면 나가도록 하지. 구역 관리소는 해지기 전까지 열려 있으니까… 그런데 가도 별

건 없어. 외지인은 그냥 방문 목적과 체류 기간을 등록하면 그만이니까."

"하지만 저희들은 지구인입니다."

"그건 알아서 하고."

"네?"

마무사는 어깨를 으쓱이며 자신도 모르겠다는 표정을 지었다.

"나도 잘 모르거든. 자유 진영이 소수의 지구인과 접촉했다는 소문도 있긴 한데… 나 같은 낚시꾼이 뭘 알겠어? 구역 관리소도 어떻게 할지 난감해할 거야. 그냥 밝히지 않는 게 어떨까?"

"그래도 괜찮은 겁니까? 가능하면 저도 밝히고 싶지는 않습니다만."

"아무렴 어때. 지구인이라고 머리에 뿔난 것도 아닌데. 그리고 미리 말해두는데 말이야."

마무사는 환영한다는 듯 양팔을 펼치며 말을 이었다.

"환영하네, 형제여. 우린 지구인에 대한 거부감도 딱히 없다고. 그냥 신성제국이 경전의 예언서를 실행하기 위해 다른 차원의 불쌍한 인간들을 강제로 소환한 거니까. 안 그래?"

"물론 그렇습니다만…. 아무리 그래도 저희들은 다른 차원의 인간입니다. 그런데도 거부감이 전혀 없습니까?"

"딱히. 무엇보다 왕녀의 발언이 결정적이었어. 애초에 악감정은 별로 없었는데, 왕녀가 자유 진영 회의에서 발표한 내용 덕분에 지구인에 대한 편견도 거의 사라졌어."

"왕녀요?"

"셀리아 왕녀 말이야. 지구인들을 강제로 소환한 신성제국을 비난하고, 지구인들을 지지하는 발언을 했거든. 하긴 당신들은 왕녀가 누군지도 모르겠지?"

마무사는 한쪽 눈을 찡긋 감으며 말했다.

"셀리아 왕녀는 우리 안티카 왕국의 보물이야. 강하고, 아름답고, 총명하다고. 나도 5년쯤 전에 왕도에서 왕녀님의 연설을 본 적 있는데 진짜 멋졌어. 물론 천 미터쯤 떨어진 곳에서 보긴 했지만."

물론 천 미터쯤 떨어져 있다면 얼굴이 보이지 않았을 것이다.

하지만 지금은 그런 쓸데없는 사실에 태클을 걸 때가 아니다. 나는 곧장 신성제국의 황자인 루도카의 발언을 머릿속에 떠올렸다.

"내가 사랑하는 사람은 안티카의 셀리아 왕녀다. 지구인은 모르겠지. 신성제국의 황족으로서 이게 얼마나 금지된 일인지. 그러니 누구에게도 말할 수 없었다."

그것이 금지된 일이라면, 역시 안티카 왕국과 신성제국은 앙숙이라는 이야기일 것이다.

'애초에 왕녀란 자가 신성제국을 비난하는 연설을 했다면 더더욱 그럴 거다. 이건 내 생각보다 일이 더 잘 풀릴 수도 있겠군……'

"아무튼 내 말은, 당신들이 지구인이라 밝혀도 좋고 안 밝혀도 좋다는 거야. 그리고 내 생각은… 좀 더 조용히 이 동네 돌아가는 사정을 익히고 나서 밝히는 게 좋지 않을까 싶은데? 안 그래?"

그것은 납득할 수 있는 이야기였다.

하지만 마무사의 태연한 태도가 마음에 걸렸다.

다른 차원의 인간을 정말로 이렇게 자연스럽게 대하는 게 가능한가?

무언가 다른 꿍꿍이가 있는 게 아닐까?

그러자 커티스가 내 마음을 대변하듯 태클을 걸었다.

"괜히 시간 끌어서 뭐가 좋지? 혹시 당신의 사심이 들어간 게 아닌가? 우리들을 붙잡아놓고 좀 더 꿀을 빨아보려고? 혹은 결정적인 순간에 누군가에게 고발하려고?"

"고발? 당신들을 고발해서 나한테 이득 되는 게 있다면 그럴 수도 있겠지만 말이야."

마무사는 입술을 삐죽거리며 말했다.

"나는 돈이 최고라고. 말한 것처럼 꿀 좀 더 빨아볼 생각은 물론 있어. 하지만 그게 나쁜 일인가? 세상의 모든 시간은 금이라고. 그것이 뒷골목의 빌어먹는 거지의 시간이라도."

"…나는 당신이 세상 돌아가는 걸 모르는 외지인을 독점해서 벗겨먹으려는 속셈일까 봐 걱정되서 한 말이다."

커티스는 직설적으로 말했다. 마무사는 코웃음을 치며 소리쳤다.

"하! 이 지구인 좀 보게! 내가 수전노일지는 몰라도 사기꾼은 아니라고 했지? 계약을 했으면 지켜야 하고, 노동을 했으면 충분한 대가를 받아야 한다! 귀족은 있어도 특권은 없다! 이게 우리 안티카 왕국의 불문율이야!"

"그것참 마음에 드는 불문율이군."

빅터가 가만히 웃으며 말했다.

"커티스, 여기선 네가 사과하는 게 좋겠어."

"실례했다. 미안하다."

커티스는 태도를 싹 바꾸며 즉시 사과했다. 빅터는 어깨를 으쓱이며 마무사를 돌아보았다.

"그리고 마무사, 당신도 너무 열 낼 필요 없어. 우리 같은 처지에 다른 사람을 의심하는 건 당연한 게 아닌가?"

"그건 그렇지만… 아무튼 사과는 받아들이지."

마무사는 커티스를 향해 손을 내밀었다. 커티스는 의아한 표정으로 손을 맞잡으며 물었다.

"여기도 악수를 하는 문화가 있나?"

"당연히 있지. 우리가 지구를 보고 배운 건데."

"뭐?"

우리 모두의 시선이 마무사에게 집중되었다. 마무사는 눈을 껌뻑이다 갑자기 소리쳤다.

"아! 그러고 보니 지구인은 차원경(次元鏡)을 모르겠구나!"

"차원경?"

언어의 각인이 해석한 단어만으로는 그 뜻을 알 수 없었다. 마무사는 잠시 머리를 긁적이다 말했다.

"나도 공부가 짧아서 자세히는 모르는데… 음, 그러니까 일종의 거울이야. 지구를 비춰주는."

"그게 무슨 말입니까?"

나는 앞으로 바짝 붙여 앉으며 물었다. 마무사는 시선을 피하며 부담스럽다는 얼굴로 말했다.

"그러니까… 한 300년인가? 아니, 500년? 아무튼 몇백 년 전에 미라니스의 기술자가 차원경을 발명해 냈어."

"계속 말씀하십시오."

"자꾸 재촉하지 말고… 음, 아무튼 차원경은 지구의 모습을 비춰주는 힘을 가지고 있어. 장소는 랜덤이지만 한번 정해지면 거기로 고정돼. 하지만 차원경을 만들 때마다 지구의 전혀 다른 곳이 나오니까… 아무튼 발명한 순간부터 대박이었나 봐. 나도 고향에 있던 차원경을 자주 봤는데 한동안은 푹 빠졌지. 요새는 돈이 없어서 못 보지만."

"그러니까, 레비그라스에는 지구의 모습을 일방적으로 볼 수 있는 특별한 마법 도구가 존재한다는 말입니까?"

스텔라를 비롯한 전향자들은 한 번도 그런 이야기를 한 적이 없었다.

마무사는 고개를 끄덕이며 말했다.

"그래. 예나 지금이나 우리 레비그라스 사람들의 취미 중하나야. '흥미로운 곳'을 비추는 차원경은 엄청난 값에 거래되기도 하고… 지구 문명에 푹 빠진 인간들도 많이 있어. 당장여기 뱅가드에 있는 '관람관'만 해도 200개가 넘을걸?"

그것은 실로 충격적인 이야기였다.

우리들은 한동안 말을 못 한 채 서로의 얼굴을 바라보았다.

잠시 후, 램지가 헛기침을 하며 겨우 입을 열었다.

"그래, 그렇군. 그래서 자네도… 우리 지구인들에게 별다른거부감을 가지지 않았던 거로군? 익숙하니까."

마무사는 당연한 듯 대답했다.

"익숙하고말고. 할아범이나 여기 형씨는 '흑인'인 걸 보니 아프리카인인가? 아니면 '미국'인?"

순간 램지와 빅터가 동시에 움찔하며 경직되었다.

나 역시 레비그라스인의 입에서 '아프리카'나 '미국'이란 단어가 나올 거라곤 상상조차 못 했다. 마무사는 어깨를 으쓱이며 말을 이었다.

"아무튼 지구는 우리들에게 익숙해. 오직 지구에서 벌어진 일들만 보도하는 신문이나 잡지도 있다고. 그러고 보니 고향의 할아버지에게 들었는데… 지구에 60년인가 70년쯤 전에 큰 전쟁이 있었다며? 그때 마을 사람들이 한데 모여 지구인들을 위해 평화 기도회까지 벌였다고 하더라고."

"2차 대전 말입니까?"

"맞아. 2차 세계대전."

"그것참……."

나는 말을 흐리며 고개를 저었다.

실로 할 말을 잊게 하는 이야기다.

500년 전부터 레비그라스인들이 지구를 지켜보고 있었다니…….

"사실 말이야. 사달이 난 것도 다 그것 때문이라고."

마무사가 머리를 긁적이며 말했다.

"지금은 좀 덜한데, 처음 차원경이 발명됐을 때는 정말 폭발적이었던 모양이야."

"뭐가 폭발적이었단 말인가요?"

"인기. 귀족들 중에는 차원경에 빠져서 하루 종일 그것만 보는 사람들도 많았다지. 사회적으로 심각한 문제였나 봐. 물론 지금도 문제가 있긴 하지만."

"하루 종일 TV나 컴퓨터에 빠지는 것과 비슷한 건가?"

빅터가 끼어들었다. 마무사는 고개를 끄덕이며 말했다.

"TV는 지구인들이 만든 차원경 비슷한 거지? 아무튼 차원경은 빠르게 전 세계로 퍼져 나갔어. 조그만 건 만들기도 쉽고 값도 싸니까. 그런데 그걸 대신전이 걸고 넘어진 거야."

"대신전이라면 레비교단 말인가요?"

"그렇지. 물론 다른 신을 모신 교단이나 대신전도 있지만… 아무튼 가장 큰 세력이 거기니까, 음음."

마무사는 볶음밥 같은 음식을 입안에 퍼 넣으며 말했다.

"다들 먹으면서 들으라고. 완전히 식으면 맛없어지니까. 아무튼 레비교단이 차원경을 이단이라고 지정하며 공격하기 시작했어. 그게 한 200년쯤 전일 거야. 정확하진 않지만."

"이단이라니, 어째서 말입니까?"

"지구엔 신이 없으니까."

마무사는 우물거리며 별거 아니라는 듯 말했다.

하지만 그 한마디로 몇 사람의 표정이 벌레 씹은 것처럼 변했다.

그중에 대표 주자인 도미닉이 무서운 표정으로 마무사를 노려보며 말했다.

"그 말 취소해라. 지구엔 신이 있어. 천주님이 계신다."

도미닉은 빅터와 마찬가지로 가톨릭인 듯했다. 마무사는 즉시 손사래를 치며 소리쳤다.

"아니, 아니! 대뜸 화부터 내지 말라고! 내가 말하는 신이란… 그래. 세상에 '직접 관여하는 신'을 말하는 거야."

"직접 관여하는 신?"

"그래. 인간들에게 신성 마법을 쓸 수 있게 해주는 바로 그런 신 말이야. 지구인들은 신성 마법을 못 쓰잖아? 저주 마법도?"

나는 커티스와 빅맨을 번갈아 바라본 다음 물었다.

"그래서, 그런 '직접 관여하는 신'이 없는 게 어째서 이단이 되는 겁니까?"

"레비그라스인들이 지구의 문화에 푹 빠져서 성전의 말씀을 거부하기 시작했거든. 나도 그렇고. 성전에는 모든 세계는 신들이 다스린다고 쓰여 있어. 그런데 지구는 신들이 다스리지 않잖아? 그냥 인간들이 알아서 자유롭게 활동하고 있지. 그래서 교단의 간섭으로부터 독립과 자유를 선언하는 왕국들이 늘어나기 시작했어. 그게 바로 지금의 자유 진영이야. 물론 꼭 이게 전부는 아니지만… 아니, 잘 모르겠네. 나도 어렸을 때 공부가 시원치 않아서 말이야."

마무사의 설명은 아무래도 비약이 심한 듯했다.

하지만 덕분에 이해하기도 쉬웠다.

지구와 레비그라스의 관계는 내가 생각한 것보다 훨씬 밀접한 연관이 있었다.

"아무튼 그때부터 자유 진영과 대신전이 싸우기 시작했어. 처음에는 자유 진영이 우세했는데, 대신전이 알카노이아 제국과 통합을 이루고 '신성제국'으로 다시 태어나면서부터 서로 비슷해졌지."

"통합이라니, 그럼 신성제국과 대신전은 처음부터 하나가 아니었다는 말입니까?"

"200년 전까지는 아니었어. 물론 제국이 대신전에 가장 큰

후원자긴 했지만… 아니, 200년이 아니라 250년이던가?"

마무사는 골치 아프다는 얼굴로 머리를 벅벅 긁기 시작했다.

"이럴 줄 알았으면 역사 공부 좀 더 할 걸 그랬네. 고향에 있을 때 학교를 4년밖에 안 다녔거든."

"아니, 이것만으로도 충분히 대단합니다. 저희들이 이쪽 세계를 이해하는데 이만한 설명도 없을 겁니다."

나는 마무사의 기를 살려주며 물었다.

"그렇다면 신성제국이 지구인을 강제로 소환한 이유가 바로 그것 때문입니까? 차원경?"

"맞아. 만악의 근원을 없애려는 거지. 지구인이 멸망하면 차원경으로 볼 것도 사라질 테니까. 아, 물론 그놈들 생각에 말이야. 나는 절대로 반대한다고."

마무사는 끔찍하다는 표정으로 고개를 저었다.

그러자 커티스가 고개를 저으며 한탄했다.

"우리들은 고작 그런 이유로 여기까지 끌려온 건가… 믿을 수가 없군."

하지만 덕분에 나는 평생 동안 품어왔던 의문을 풀었다.

귀환자들은 항상 빛의 신 레비를 찬양하며 소리쳤다.

'신이 없는 세계'의 인간들을 멸종시켜야 한다고.

덕분에 인류 연합은 귀환자들을 세뇌시킨 '대신전'을 광신자들의 세력으로 규정했다.

하지만 그들은 정말 단순한 광신자들의 집단이었던 걸까?

실상은 그들에게도 나름대로의 논리적인 이유가 있던 것이다.

자신들의 세계의 신앙을 지키기 위해서.

물론 그래봤자 광신자는 광신자였지만.

"후우……."

나는 양손으로 얼굴을 감싸 쥐며 한숨을 내쉬었다.

물론 이걸로 모든 의문이 해결되진 않는다. 지구를 공격한 차원은 단지 레비그라스뿐만이 아니었으니까.

하지만 적어도 이곳에 대한 많은 의문을 풀 수 있었다. 우리들은 펼쳐놓은 음식을 싹싹 훑어 먹으며, 마무사가 들려주는 자유 진영과 신성제국의 대립의 역사를 계속해서 경청했다.

"아, 그러고 보니 내가 하나 제안할 게 있는데 말이야."

마무사는 마지막으로 남은 고깃덩이를 입안에 쑤셔 넣으며 말했다.

"당신들, 구역 관리소 가기 전에 일단 시내에 있는 '각인당'에 가지 않겠어?"

"각인당이 뭡니까?"

"이름 그대로야. 각인을 해주는 곳이지. 일단 '언어의 각인'부터 받는 게 어때? 당신들 모두 말이야."

"언어의 각인을 받을 수 있단 말입니까?"

나는 놀라며 물었다. 마무사는 어깨를 으쓱이며 말했다.

"나도 여기서 받았는걸? 그러니까 이렇게 당신들과 이야기할 수 있는 거 아니겠어? 각인사는 도시에 흔한 직업이라고."

"직업이라니, 그렇다면 공짜가 아니라는 말이군요?"

"당연하지. 안티카 왕국에 공짜란 없어."

마무사는 엄지와 검지를 모아 동그라미를 만들며 말했다.

"한 번에 100씰이야."

매우 고가라는 샌드 웜의 이빨이 600씰이니, 100씰도 적은 돈은 아닐 것이다.

하지만 각인을 받음으로써 얻게 되는 이득을 생각하면, 그야말로 푼돈이나 다름없게 느껴졌다.

"이건 업계 표준 가격이니까 바가지 쓸 일도 없어. 하지만 내가 80씰에 해주는 가게를 알지. 커미션으로 한 사람당 5씰을 주면 소개해 주겠어. 어때?"

"질문이 있네. 그 언어의 각인을 받으면 레비그라스에 있는 모든 인간과 대화가 가능해지는 건가?"

램지가 학생처럼 손을 들며 물었다. 마무사는 시원하게 고개를 끄덕이며 말했다.

"물론이야, 할아버지. 지금 당장 우리들을 보라고. 서로 다른 차원에서 살던 인간들인데도 말이 통하잖아?"

"그래. 그렇군. 그것참 놀라운 일이야. 정말 놀라워……."

램지는 나지막하게 읊조리며 고개를 끄덕였다.

동시에 나는 안타까운 기분을 느꼈다.

램지는 '언어학'을 전공한 교수였다.

물론 무슨 일이 있더라도 학문으로서의 가치는 변함이 없을 것이다. 하지만 그가 익힌 전 세계의 수많은 언어는 가치가 폭락할 수밖에 없었다.

하지만 어쩔 수 없다. 여기는 지구가 아니라 레비그라스니까……

• 18장 •
돈의 도시

식사를 마친 일행이 향한 곳은 '각인당'도, 그렇다고 '구역 관리소'도 아니었다.

우린 목욕탕부터 갔다.

뱅가드에만 50개 이상의 대중목욕탕이 존재한다고 한다.

사막 한가운데 있는 도시인데도 목욕탕에서 물을 마음껏 쓸 수 있다는 것은 충격적이었다.

마무사가 지하수에 대한 이야기를 한 적이 있다. 뱅가드의 지하에 대규모의 수원이 존재하는 걸까?

목욕탕의 내부에는 지구와 비슷하게 다양한 '탕'이 존재했다. 나는 마음껏 탕에 몸을 맡기고 피로를 풀었다.

입장료는 일인당 10쎌이다.

아직까진 이곳의 화폐 가치에 대해 정확한 파악이 안 됐다.

하지만 마무사의 이야기처럼 한 달 동안 일해서 300쎌을 벌 수 있다면, 10쎌은 하루 일당이나 마찬가지였다.

그렇다면 상당히 비싸다.

물론 우리들은 사막에서 수십 일 동안 씻지 못했다. 그런 처지에 찬물 더운물 가릴 때가 아니었다.

일곱 명 전원이 묵은 때를 씻어내는 데만 두 시간이 넘게 걸렸다.

목욕탕 밖으로 나오자 해가 저물었다.

덕분에 구역 관리소를 가는 일정은 내일로 미뤘다. 우리는 먼저 마무사의 안내에 따라 27번 구역에서 가장 크다는 마법 도구 상점으로 향했다.

'스톨른'이라는 이름의 상점은 4개 층으로 구성되어 있었다.

계산을 하는 카운터와 견본 전시품이 있는 1층.

본격적으로 마법 도구를 판매하는 2층.

매입품을 감정하고 거래하는 3층.

마지막으로 4층은 마법 도구를 만드는 공방이었다.

나는 안내원의 안내를 받으며 마무사와 함께 3층에 올라갔다.

'시스템이 매우 잘돼 있군.'

상점의 크기나 구조, 접객과 같은 시스템에서 군더더기가 느껴지지 않는다.

어찌 보면 당연한 일이다.

이들은 수백 년 전부터 지금까지 지구인의 모습을 지켜보고 있다. 지구의 현대적인 장점을 그대로 모방해 적용시켰다 해도 이상할 건 없었다.

아니면 처음부터 이 정도는 발전해 있을지도 모른다.

우리가 들어간 곳은 3번 감정실이었다.

나는 들고 온 샌드 웜의 이빨 18개를 감정사에게 건넸다.

그리고 10여 분이 지났다.

"…감정이 끝났습니다. 그런데 여기 이빨 여섯 개는 심부(深部)에 금이 가고 몬스터의 체액이 스며들었습니다. 혹시 이걸 무기로 사용하신 겁니까?"

감정사가 이상하다는 눈으로 날 살폈다. 나는 눈살을 찌푸리며 물었다.

"그러면 값이 떨어집니까?"

"물론입니다. 깨끗한 상태라면 600쎌 정도지만… 이건 절반 정도밖에 쳐드릴 수 없겠습니다."

테이블 위엔 손상된 이빨 여섯 개와 멀쩡한 이빨 열두 개가 구분되어 놓여 있다.

나는 함께 온 마무사의 얼굴을 보았다. 마무사는 자신도 모르겠다는 표정으로 어깨를 으쓱였다.

나는 고개를 끄덕이며 말했다.

"괜찮습니다. 그 가격으로 전부 매입해 주십시오."

"알겠습니다. 매입가는 총 9천 씰입니다. 거래세를 제외하고 8,100씰을 지급하겠습니다."

감정사는 매매 계약서와 대금표를 작성해 건네주었다.

"카운터에 대금표를 가져가시면 현금으로 바꿔 드립니다. 앞으로도 헌터님께서 저희 스톨른 상회를 이용해 주시길 기원하겠습니다. 스톨른 상회는 뱅가드에만 여섯 개의 점포를 운영 중인 유서 깊은 대형 상회로, 헌터분들과 독자적인 계약을 통해 거래세의 절반을 상회가 부담하는 정책을 시행하고 있습니다. 계약을 원하시면 카운터에 상담을 요청해 주시기 바랍니다."

"네, 알겠습니다."

나는 '헌터'라는 호칭에 토를 달지 않고 고개를 끄덕였다.

그리고 감정실을 나와 카운터가 있는 상점의 1층을 향해 내려갔다.

마무사가 내 손에 쥐어진 대금표를 가리키며 말했다.

"역시 마이너스라니까. 내가 처음부터 가자던 데로 가면 1만 씰은 받았을걸?"

"괜찮습니다."

나는 웃으며 고개를 저었다.

마무사가 먼저 추천해 준 마법 상점은 세금을 내지 않고 운영하는 불법 거래소였다.

하지만 나는 그곳을 거절했다.

준법정신이 투철해서 그런 건 아니다.

이미 불법 거래소를 통해 샌드 웜의 뿔 하나를 처분했다. 이번에는 단지 합법적인 거래를 경험해 보고 싶었을 뿐이다.

"뭐… 그래, 이런 데서 깨끗하게 거래하는 것도 나쁘진 않지. 그 매매 계약서나 잘 챙겨놓으라고. 나중에 쓸데가 있을지도 몰라. 나중에 세금 감면 같은 걸 해준다는 이야기를 들었어."

"그렇군요. 잘 간직하겠습니다."

나는 매매 계약서를 품속에 집어넣었다.

그리고 1층의 카운터를 찾아 대금표를 현금으로 교환했다.

8,100씰.

고급스러운 가죽 주머니에 담아준 대량의 돈은 그 무게만으로 수십 kg에 달했다.

나는 한 손에 주머니를 움켜쥐었다. 근력의 최대 스텟이 200을 넘긴 이후로 중량에 관한 감각이 완전히 달라졌다.

다른 동료들은 1층에서 전시품을 구경 중이었다.

나 역시 잠시 동안 전시품을 구경했다. 그러다 손바닥만 한 길이의 나이프를 발견하고는 나도 모르고 소리쳤다.

"이건!"

"왜 그러지?"

빅터가 옆으로 다가왔다. 나는 깨물고 있던 입술을 풀며 대답했다.

"본 적이 있는 무기입니다. 저기! 여기요!"

나는 즉시 근처에 있던 점원을 불렀다.

"네. 손님, 무엇을 도와 드릴까요?"

"이 나이프에 대해 설명해 주세요."

"네. 이 나이프는 저희 뱅가드 상회의 베스트셀러인 '헌터 나이프'입니다. 안티카 왕국은 물론 전 세계에 있는 24개국에 수출되고 있는 명품으로, 이름 그대로 헌터들이 기본적으로 상비해야 할 3대 도구로 높은 인기를 누리고 있습니다. 스펙은 마법 협회 공인 C랭크로 오러에 대한 −40의 저항력과 각종 방어 마법에 대해……."

"아니, 잠시만요."

이 무기가 어느 정도의 위력을 가지고 있는지는 누구보다 잘 알고 있다. 중요한 건 어째서 이 나이프가 여기서 팔리고 있느냐는 것이었다.

"그 수출하는 24개국 중에 신성제국도 있나요?"

"네, 그렇습니다. C랭크 이하의 마법 도구는 적대국을 막론하고 자유로운 수출입이 가능하도록 협정이 맺어져 있으니까요. 아무래도 수출량 자체는 많지 않지만, 신성제국에도 뱅가드 상회의 마니아층이 존재한다고 알려져 있습니다."

"그렇군요. 감사합니다."

난 짧게 대답하며 문제의 '헌터 나이프'를 구입했다. 가격은 250씰이었다.

"마법 도구 상점에서 팔고 있으니 평범한 나이프는 아니겠지?"

빅터가 밖으로 나오며 물었다. 나는 칼집을 조심스레 허리춤에 차며 대답했다.

"이건 거의 모든 귀환자가 기본 장비처럼 가지고 왔던 무기입니다."

"뭐라고?"

"오러를 다루던 전사도, 마법을 쓰던 마법사도 모두 이 나이프만큼은 가지고 있었습니다. 신성제국의 기본 제식 무기라고 생각했는데⋯ 실제로는 안티카 왕국의 기업이 제조하는 무기였군요."

"그래서 아까 신성제국에 수출하냐고 물어본 거로군? 적대국에 무기 수출을 하다니, 아무리 협정을 맺었다 해도 반역행위가 아닌가?"

"소수의 마니아를 위해 수출하는 모양입니다."

나는 거기까지 말하고는 입을 다물고 생각했다.

실제로 신성제국과 대신전이 그 '소수의 마니아'가 아닌 이상, 귀환자들에게 일부러 이 나이프를 기본 장비로 지급하진 않았을 것이다.

그렇다면 결론은 간단했다.

앞으로 4년이 지나면 최초의 귀환자들이 지구로 돌아가게 된다.

그리고 그 4년 사이에, 신성제국이 안티카 왕국을 정복해서 자신들의 수중에 넣어버린 것이다.

물론 상상의 영역이다.

하지만 그렇게 될 가능성이 매우 높다는 건 확실했다. 신성 제국은 귀환자들을 강력한 존재로 키워냈다. 과연 그들이 키워낸 귀환자를 지구를 멸망시키는 것에만 사용했을 것인가?

"이건 좀 더 급해지겠는데……."

나는 나지막한 목소리로 중얼거리며 앞서가는 마무사의 뒤를 따랐다.

내 예상이 맞는다면, 신성제국과 자유 진영 사이에 새로운 전쟁이 얼마 남지 않았다.

*　　　*　　　*

"여긴 상업이 매우 발달해 있군."

각인당을 향해 걸어가는 길에 빅터가 옆으로 붙으며 말했다.

"단순히 규모를 말하는 게 아니야. 모든 면에서 우리가 살던 세상과 너무 흡사해."

"저도 그렇게 생각합니다."

나는 길거리에서 시식품을 나눠주는 빵집을 보며 말했다.

"그동안 계속 지구를 지켜봤을 테니까요. 좋은 점이든 나쁜 점이든 비슷하게 따라왔을 거라고 생각합니다."

"차원경이라고 했던가? 기회가 되면 나도 한번 보고 싶군. 마무사의 말로는 차원경을 놓고 영업을 하는 곳이 많다던데."

"영화관 같은 곳일까요? 저도 궁금합니다. 내일쯤 시간을 내서 다 같이 가도록 하죠."

"좋은 생각이야. 레비그라스가 이렇게 발전한 세상이었다 니… 수용소에 처박혀 죽을 날만 기다릴 때는 상상조차 못했군."

빅터는 먼 곳을 바라보며 고개를 저었다.

그가 보는 것은 도시의 안쪽에 희미하게 보이는 높은 성벽이었다.

저것이 마무사가 말했던 내성일까?

나는 어깨를 으쓱이며 말했다.

"저도 마찬가지입니다. 레비그라스는 중세의 암흑시대 같은 곳이라 생각했죠."

"그건 인류 연합 전체의 의견이었나?"

"네. 우리가 알아낸 것은 오직 신성제국에 대한 정보뿐이었으니까요. 그들은 정말 그런 이미지였습니다."

"방금 신성제국 어쩌고 했지?"

그러자 앞서 걷던 마무사가 뒷걸음치며 말했다.

"신성제국은 여기랑 완전 다를 거야. 거긴 200년 전부터 차원경을 보는 게 금지되어 있거든. 잠깐 보기만 해도 징역 10년에, 만들기라도 하면 사형이라는 이야기도 있고."

"보통은 그런 식으로 통제하면 사회가 발전하지 못할 텐데?"

"형씨 말이 맞아. 신성제국은 고리타분하지. 뭐, 실제로 가 본 건 아니지만… 아, 저기가 각인당이야."

마무사는 대로 건너편에 보이는 작은 건물을 가리켰다.

나는 일말의 불안감을 느끼며 물었다.

"혹시 불법적으로 장사를 하는 곳은 아니겠죠?"

"그럴 리가. 어차피 각인사는 할 수 있는 각인의 숫자가 정해 져 있잖아? 철저히 관리되고 있다고. 그러니 속일 수도 없지."

그것은 처음 듣는 정보였다. 나는 스텔라에게 각인을 받았 던 기억을 떠올리며 물었다.

"각인에 횟수가 있습니까?"

"응? 몰랐나? 아… 그래. 당연히 모르겠네. 지구엔 각인사가 없지?"

"없습니다."

"그렇구만. 음, 대충 각인 하나당 100명 정도 해주면 끝인 것 같아."

실제로 스텔라가 인류 저항군의 장교들에게 해준 각인의 횟수도 100회 정도였다.

나는 천천히 고개를 끄덕이며 다시 물었다.

"그럼 횟수를 전부 소모하면 어떻게 됩니까?"

"어떻게 되긴, 그냥 끝나는 거지."

"그러면 각인사는 폐업하는 건가요?"

"폐업? 진짜 당신들은 하나도 모르는구나."

마무사는 혀를 차며 설명했다.

"각인을 새기는 능력은 신성 마법의 일종이야. 신전에 가서 수련을 해서 얻는다고. 물론 개인의 재능과 능력에 따라 천차만별이라지만… 어쨌든 횟수를 전부 채우면 다시 신전으로 돌아가. 그리고 다시 수련을 해서 새로운 능력을 얻는 거지."

"신전이라면, 설마 레비의 신전을 말하는 겁니까?"

"응. 뭐, 레비도 있는데."

마무사는 떨떠름한 표정으로 말했다.

"근데 신이 레비만 있는 게 아니잖아? 각인 능력은 전부 주관하는 신이 다르다고. 언어의 각인은 '조화의 신'인 아르마스가 주고, 스캐닝은 '시공간의 신'인 크로아크가 주고… 전부 달라. 물론 신전에서 수련을 하지 않고 자연적으로 얻는 각인사도 있는 모양인데… 아, 이런 것도 전부 모르지?"

물론 모른다.

하지만 유용한 정보였다. 나는 머릿속에 마무사에게 쏟아낼 새로운 질문의 리스트를 작성하며 고개를 끄덕였다.

"흥미로운 이야기군요. 나중에 숙소에 돌아가면 좀 더 자세히 알려주시기 바랍니다."

"그래봤자 나도 전문가는 아니라서. 아무튼 지금은 일단 언어의 각인부터 해치우자고."

마무사는 한달음에 달려 각인당으로 들어갔다. 나는 각인에 들어갈 비용인 560씰을 미리 챙기며 동료들에게 말했다.

"지금부터 평생 동안 외국어 걱정할 필요는 없을 겁니다. 그럼 우리도 들어가 볼까요?"

*   *   *

각인당에서 받을 수 있는 각인의 종류는 모두 세 종류였다.

각인사의 징표(하급) — 무료
언어의 각인(하급) — 100씰
스캐닝의 각인(하급) — 1,200씰
맵온의 각인(하급) — 2,200씰
감정의 각인(하급) — 4,000씰(현재 품절)

나는 다른 모든 걸 떠나, 일단 공짜로 받을 수 있다는 각인이 궁금했다.

그래서 카운터에 앉아 있는 점원에게 즉시 물었다.

"각인사의 징표가 뭡니까?"

마흔 살쯤 되어 보이는 여성 점원은 만면에 웃음을 띠며 친절하게 설명했다.

"각인사의 징표는 각인을 받는 분이 각인사가 될 자질이 있는지를 확인해 보는 테스트예요. 만약 자질이 있으면 오른 손등에 관련된 신의 문양이 생긴답니다. 이렇게 말이죠."

점원은 직접 자신의 손등에 있는 날개 모양의 문양을 보여 주었다.

나는 감탄하며 물었다.

"그럼 당신도 각인사입니까?"

"아니에요. 저는 수행을 하지 않았으니까요. 문양이 생긴다고 각인사가 되어야 할 의무는 없습니다."

"그럼 왜 각인사의 징표를 받은 겁니까?"

"저희 각인당은 각인사의 징표를 받은 분들께 각인비의 20퍼센트를 할인해 드리고 있습니다. 최대한 많은 분에게 각인사의 자질을 일깨워 드리는 게 목적이니까요. 그래야 새로운 각인사가 더 많이 생겨 세상 모든 사람에게 각인의 혜택을 드릴 수 있지 않겠어요?"

"아, 참고로 내가 여기 주인이랑 아는 사이라서. 각인사의 징표 안 받아도 20퍼센트 할인을 받을 수 있어."

마무사가 재빨리 끼어들었다. 그러자 직원이 눈총을 주며 말했다.

"그런 이야기는 너무 퍼뜨리고 다니지 마세요. 저희 27번 구역 각인당의 신용이 추락할지도 모르니까요."

"에이, 걱정 마. 내가 믿을 만한 사람이 아니면 여기 데리고 왔겠어?"

마무사는 가볍게 윙크를 하며 말했다.

"아무튼 한숨 돌렸지? 이번 달에 실적이 부족해서 곤란했잖아?"

"또 그런 이야기를 함부로……."

직원은 한숨을 내쉬며 말했다.

"하지만 사실이에요. 요즘은 언어의 각인을 안 받은 사람이 별로 없어서… 반대로 맵온이나 감정은 함부로 받기 부담스러운 가격이니까요."

"맵온과 감정은 어떤 각인 능력입니까?"

나는 잽싸게 끼어들었다. 직원은 고개를 갸웃거리며 내 얼굴을 응시했다.

"정말 모르서서 묻는 건가요? 여러분들 모두 어디 산속 깊은 곳에서 살다 오신 것 같네요. 뱅가드는 처음 오신 건가요?"

"네, 처음 왔습니다."

"그렇군요. 그럼 간략하게 설명해 드리겠습니다."

직원은 양손을 펼치며 말을 이었다.

"맵온은 눈앞에 지도를 꺼내는 각인 능력입니다. 지도가 뭔지는 알고 계시죠?"

"지도요?"

"앗, 설마 지도가 뭔지를 모르시나요? 그 정도로 문명의 혜택을 누리지 못한 분들이실 줄은……."

"아니, 아니! 지도가 뭔지는 아주 잘 알고 있습니다."

나는 급히 부정했다.

"그럼 지도를 눈앞에 꺼낸다는 말인가요? 스캐닝으로 스텟 창을 꺼내듯이?"

"아, 스캐닝을 알고 계신다면 설명이 편하죠."

점원은 빙긋 웃으며 말했다.

"말씀하신 대로 실체가 없는 가상의 지도를 눈앞에 꺼낼 수 있습니다. 다만 지도에 종류가 있는데… 저희들은 자유 진영의 신전 연합에서 제공한 지도를 제공하고 있습니다. 레비그라스의 모든 땅의 40%를 커버하는, 명실상부한 최대급의 지도입니다."

"네?"

점원의 말을 이해하기 위해서는 시간이 필요했다.

"…그러니까, 맵온으로 꺼내는 지도를 누군가 다른 사람이 제작한다는 겁니까?"

"맞아요. 보통 신관들이나 신전에서 고용한 지도 제작자들이 만들어요. 사흘에 한 번씩 새로운 정보나 주의 사항 등을 추가하죠. 다만 도시의 상점들은 정보 갱신이 늦을 경우가 있으니 주의하셔야 합니다. 신전 연합이 추천하는 음식점을 찾아갔더니 의외로 망해 있거나 하는 경우가 있거든요."

"이야기만 들어보면 지도가 아니라 내비게이션을 꺼내는 것 같군."

옆에서 가만히 듣던 빅터가 헛웃음을 지으며 말했다.

"정말 그런 게 가능한 건가? 스캐닝만 해도 말도 안 되는 능력이라 생각했는데."

"저도 여기서 처음 알았습니다. 어쨌든 값이 비싸서 당장 받을 수는 없을 것 같군요."

"비싸지만 충분히 가치가 있는 능력입니다. 저도 맵온의 각인을 받기 위해서 2년 전부터 돈을 모으고 있어요. 각인을 받으면 가이드로 전업할까도 생각하고 있답니다."

점원이 기대된다는 표정으로 말했다. 나는 두 번째로 궁금한 '스캐닝'에 대해 질문했다.

"여기서 받는 스캐닝의 각인은 물론 하급이겠죠?"

"네. 이곳에서 받으실 수 있는 각인은 모두 하급입니다."

"그렇다면 그 이상의 각인도 받을 수 있나요? 예를 들어 상급이나 최상급의 스캐닝이라던가……."

"스캐닝은 중급까지밖에 없습니다."

점원은 '역시 촌놈들이구나'라는 표정을 애써 감추며 미소를 지었다.

"참고로 인위적으로 받을 수 있는 모든 각인은 중급까지밖에 없습니다. 그 위에 상급 각인은 신에게 선택받은 특별한 소수의 존재들만 받는다고 하죠."

"아…… 그렇군요. 그럼 최상급도 마찬가지인가요?"

"최상급이라는 등급은 들어본 적이 없습니다. 요즘 시골에는 그런 소문이 돌고 있나요?"

나는 쓴웃음과 함께 고개를 저었다.

하지만 덕분에 중요한 정보를 확인할 수 있었다.

나는 회귀를 통해 '상급' 스캐닝을 가지게 되었다.

심지어 퀘스트의 성공을 통해 '최상급' 초월 능력으로 업그레이드되었다.

다행인 건 이쪽 세계에선 상급 스캐닝조차 매우 희귀한 능력이라는 것이다. 나는 마지막으로 확인차 점원에게 질문했다.

"하급 스캐닝으론 기본 스텟만 보이죠? 중급 스캐닝이 되면 추가로 어떤 능력이 보이나요?"

"스캐닝 능력이 중급이 되면 추가적으로 특수 능력의 스텟이 보입니다. 오러, 마력, 신성, 저주. 이렇게 네 가지 스텟을 볼 수 있게 되죠."

"그 밖에는요?"

"거기까지입니다. 저도 소문만 들었지만… 스캐닝 능력이 상급이 되면 상대의 이름까지 보인다고 하더군요. 하지만 평범한 사람들은 거기까지 갈 수 없겠죠."

나는 내심 안도의 한숨을 내쉬며 고개를 끄덕였다.

스캐닝이 상급이 되면 이름뿐만 아니라 레벨이나 종족까지 알 수 있게 된다.

당장 나만 해도 종족명에 '지구인'이라고 적혀 있으니 상황을 풀어나가는 게 쉽지 않을 것이다. 예를 들어 훗날 신성제국에 잠입해 들어간다든가…….

물론 지금부터 걱정할 일은 아니었지만.

나는 '감정'의 각인에 대해서도 물어보려 했다.

하지만 밤이 늦으면 각인사들이 퇴근하기 때문에, 일단은 언어의 각인을 받는 시술부터 끝내기로 했다.

우리들은 한 명씩 안쪽에 있는 방으로 들어갔다.

빅터가 먼저 안쪽으로 들어가자, 뒤에 서 있던 램지가 불안한 목소리로 내게 물었다.

"주한, 이거 혹시 아픈가?"

"아프지 않습니다."

나는 웃으며 고개를 저었다.

분위기만 보면 마치 예방 접종을 하기 위해 병원 복도에서 기다리는 사람들 같았다. 나는 과거의 기억을 떠올리며 각인을 받는 과정이 어떻게 진행되는지를 동료들에게 설명했다.

*   *   *

"기분이 이상하다."

마지막으로 각인을 받은 빅맨이 밖으로 나오며 말했다.

"머리가 어지럽다. 약간. 하지만 네가 말한 대로 아프진 않다."

"어지러운 것도 금방 사라질 겁니다. 잠시 쉬었다가 나갈까요?"

나는 각인당의 복도에 있는 의자를 가리켰다. 빅맨은 상관없다는 듯 고개를 저으며 거구의 몸을 움직였다.

"나가서 쉬는 게 좋겠다."

"그렇게 하죠. 모두 밖에서 기다리고 있습니다."

나는 빅맨과 함께 각인당을 나왔다. 나머지 동료들은 마무사와 함께 각인당의 건너편에 있는 노점 식당에 앉아 있었다.

"오, 빅맨! 각인 능력을 받은 기분이 어때? 이로써 우리 모두 훌륭한 레비그라스인이 된 건가?"

빅터가 빅맨의 어깨를 두드리며 말했다. 빅맨은 빅터의 옆자리에 앉으며 고개를 저었다.

"난 터키인이다. 살아서도, 죽어서도. 하지만 터키어로 해도 말이 통하는 건 마음에 드는군."

빅맨은 조금 전부터 자신의 모국어로 말하고 있었다. 빅터는 씩 웃으며 테이블에 놓인 술잔을 집어 들었다.

"애국심이 강한 녀석이군. 뭐, 일단 건배부터 하지. 지구인들을 위해서."

"지구인들을 위해서."

우리 모두 잔을 맞추며 작은 목소리로 건배사를 했다.

목소리를 높이지 않은 건 쓸데없이 정체를 드러내지 않기 위한 최소한의 배려였다. 마무사는 잔에 든 술을 단숨에 비운 다음 주변을 살폈다.

"당신들 각인받는 동안 각인당 주인과 이야기를 좀 했는데 말이야. 27번 구역에 벌써부터 소문이 쫙 퍼졌다고 하더라고."

"소문이요? 어떤 소문 말입니까?"

"정체불명의 헌터들이 샌드 웜의 이빨 수십 개를 짊어지고 팔고 다닌다는 소문 말이야. 물론 사실이지만, 어쨌든 좀 조심하는 게 좋겠어. 왜냐하면……."

마무사는 목소리를 확 낮추며 말했다.

"…뱅가드는 자유 진영의 최전선이라고. 사막 하나만 건너면 바로 신성제국이잖아. 그건 알고 있지?"

"물론입니다. 거기서 탈출했으니까요."

"그래서 말인데, 확실한 건 아니지만… 분명 뱅가드엔 신성제국의 스파이들이 잠입해 있을 거야. 너무 티 내고 다니다가 무슨 문제가 생길지 모르니까. 알겠지? 내가 무슨 소리 하는지?"

동료 전원이 고개를 끄덕였다.

나는 문득 주변에 있는 모든 인간을 스캐닝해 보고 싶다는 충동을 느꼈다.

신성제국의 스파이를 확인하기 위해서.

물론 횟수에 제한이 있어 그럴 수는 없다.

그리고 스캐닝을 한다 해도, 그것만으로는 신성제국의 인간인지 자유 진영의 인간인지 구분할 수 없다.

'신성제국 사람들 특유의 이름 패턴이 있지 않을까? 그걸 알 수 있다면 어느 정도는 구분해 낼 수 있을지도……'

"어쨌든 너무 티내지 않는 선에서 마음껏 즐기라고."

마무사는 새로운 술을 주문하며 말했다.

"돈도 있겠다. 필요한 건 뭐든지 안내해 줄 테니 궁금한 건 질문하고."

"마무사, 당신은 오러를 수련하고 있죠?"

나는 즉시 질문을 던졌다.

"혹시 오러를 수련하는 중에 더 이상 오러가 오르지 않는 현상에 대해 알고 계십니까?"

"응? 오러가 오르지 않는다고?"

마무사는 잠시 생각하다 고개를 끄덕였다.

"아, 사범님이 그런 이야기를 한 적이 있어. 오러가 일정 단계에 오르면 그런 일이 발생할 수 있다고 하던데. 그때부터는 억지로 수련을 할 때마다 고통이 찾아온대."

"저도 그랬습니다. 일정 단계라면 정확히 어떤 단계입니까?"

"나도 확실히는 몰라. 나는 1단계 오러 유저면 그만이니……."

오러에 대한 마무사의 지식은 아직 얕은 것 같았다. 나는 그가 말한 '사범님'과 대화를 나누고 싶은 충동을 느끼며 물었다.

"그럼 마무사, 당신은 수련을 어떤 방식으로 합니까? 혼자서? 아니면 오러를 수행하는 도장이 있습니까? 사범님이라고 하셨으니 그런 곳이 있겠죠? 그곳에서 방법을 전수해 주는 겁니까?"

"맞아. 도장에서 수련을 받고 있지. 가르침을 받지 않고서 혼자 각성하기는 힘들어. 진짜 타고난 천재가 아니라면."

"수련은 어떤 방식입니까?"

"음, 일단 내가 다니는 곳은 '밸런스 소드'라는 클랜이야."

"클랜이요?"

"레비그라스 전역에는 오러를 가르치는 수십 개의 대형 클랜이 있어. 밸런스 소드 클랜도 그중 하나고. 수련 방법이 나랑 맞는 거 같아서 거길 선택했지."

마무사는 검을 쥐고 흔드는 자세를 취하며 말했다.

"기본은 검술 수련이야. 거기에 명상과 고행을 적절히 섞어서 수련도 하고. 이름 그대로 밸런스에 중시를 두고 있지."

"그렇게 이것저것 섞어서 해도 오러가 쌓입니까?"

"당연히 쌓이지. 이래봬도 수련한 지 1년밖에 안 지났는데 오러 스텟이 28이라니까? 사범님께 재능 있다는 소리도 들었다고. 먹고사는 게 힘들어서 사흘에 한 번씩 클랜에 나가는데도 말이야."

"과연… 그렇군요."

"궁금하면 내일이 수련 날이니까 따라와서 구경해도 돼. 하루에 여섯 시간 정도 하는데… 사실 내가 부탁하고 싶기도 하고."

"부탁이요?"

"나는 계약상 내일도 너희들을 가이드해야 하잖아."

마무사는 양손을 모으며 말했다.

"그런데 내일 수련도 빼먹고 싶진 않거든. 그러니까 와서 구경하는 걸로 시간을 때우면 안 될까? 계약은 사흘이지만 하루 더 가이드해 줄게. 어때?"

거절할 이유가 없었다. 나는 즉시 고개를 끄덕였다.

"알겠습니다. 수련을 어떻게 하는지 궁금하기도 하니까요."

"크, 좋았어. 말이 통하니 좋구만."

마무사는 한시름 놓았다는 얼굴로 새로 나온 술을 들이켰다.

술은 맥주와 비슷한 맛이었다.

사실 정확히 어떤 맛이었는지 기억이 잘 안 난다.

맥주는 2030년쯤부터 거의 마시지 못했다.

인류의 인프라가 무너진 이후로 생산 자체가 중단되었다. 그나마 장기 저장이 가능한 독한 증류주를 비상식량으로 챙겨 다녔을 뿐이다.

나는 잔에 든 술을 단숨에 비우며 물었다.

"이 술은 이름이 뭡니까?"

"응? 이건 맥주야. 지구에도 있는 술 아닌가?"

"당연히 지구에도 있지."

그러자 커티스가 빠르게 치고 들어왔다.

"내가 볼 때 이 맥주는 에일이야. 상면 발효식으로 만든 맥주지. 벨기에산과 비슷한 맛이 나는군. 나도 한 잔 더 마시도록 하지."

"오, 형씨도 맥주를 좋아하나 보군."

마무사는 재빨리 한 잔 더 주문하며 말했다.

"나도 엄청 좋아하지. 근데 그거 아나? 레비그라스엔 원래 맥주가 없었어. 그런데 차원경으로 지구를 보다가 그런 술이 있다는 걸 알아냈지."

"그래서 따라 만든 겁니까?"

내가 물었다. 마무사는 취기가 도는지 상기된 얼굴로 고개를 끄덕였다.

"맞아. 왕도에선 1년에 한 번씩 이 맥주 축제를 해. 거기서 박람회도 열고, 맥주를 전수해 준 지구의 형제들을 위한 감사제도 지내지. 물론 직접 전수해 준 건 아니고 알아서 만들어 낸 거지만."

"알아서 만든 것치고는 훌륭하군."

커티스는 만족한 표정으로 맥주를 들이켰다. 그러자 마무사가 눈을 반짝이며 물었다.

"사실 나도 궁금한 게 있는데 말이야. 도대체 형씨들은 어떻게 샌드 웜을 그렇게 많이 잡은 거야? 다른 건 몰라도 '그거'를 대체 어떻게 처리했지? 설마 죽인 건 아닐 테고."

"그게 뭡니까?"

"킹 말이야."

마무사는 입술을 핥으며 말했다.

"물론 나는 절대 무리지만, 이 도시엔 샌드 웜 정도는 쉽게 잡을 수 있는 헌터가 많이 있다고. 하지만 그 사람들도 어지간해선 샌드 웜 사냥을 안 나가. 뱅가드와 가까운 쪽의 사막이면 모를까. 멀리까지 나가면 킹이 출몰하니까."

"샌드 웜 킹 말이군요."

나는 고개를 끄덕이며 거짓말을 둘러댔다.

"신성제국의 수용소에 갇혀 있을 때도 샌드 웜 킹에 대한 이야기는 들었습니다. 저희들도 각오를 하고 탈출했죠. 다행히 운이 좋았습니다."

"운이 좋았다고?"

"실제로 마주친 적은 없으니까요. 아주 멀리서 솟구치는 걸 본 적은 있습니다만… 숨을 죽이고 몇 시간 동안 꼼짝도 안 하니 다가오지 않더라고요."

"그래? 하지만 샌드 웜을 잡을 때도 안 나타났나?"

나는 고개를 저었다. 마무사는 어쩔 수 없다는 표정으로 고개를 끄덕이며 말했다.

"하긴, 나타났으면 죽었겠지. 당신들 중에 소드 익스퍼트는 없을 테니까. 아니, 소드 익스퍼트라도 1단계는 상대도 안 된다고 하더라고. 2단계도 아슬아슬하고. 3단계쯤 되어야 그나마 여유 있다고 하던데."

"뱅가드에는 3단계 소드 익스퍼트가 없습니까?"

"있지. 근데 그게 영주님이라."

마무사는 킬킬거리며 고개를 저었다.

"영주님 체면에 직접 사막에 나가서 샌드 웜이나 잡고 있겠어? 물론 소문에는 꽤나 의욕적이라고 하는데… 밑에 사람들이 엄청 말리고 있나 봐."

"그렇군요."

나는 즉시 다음 질문을 던졌다.

"안티카 왕국엔 소드 마스터가 몇 명입니까? 자유 진영 전체로 보면? 그리고 신성제국에는 몇 명이나 있습니까?"

"뭐? 소드 마스터?"

마무사는 눈을 크게 뜨며 날 마주 보았다.

그리고 갑자기 웃으며 고개를 저었다.

"크크크… 이 사람 보게. 하긴, 지구인이니까 모를 만도 하지."

"뭔가 문제가 있습니까?"

"세상 물정을 몰라도 너무 모른다고 할까? 아무튼 잘 들어 둬. 레비그라스에 소드 마스터는 딱 세 명뿐이니까."

마무사는 손가락 세 개를 펼치며 말했다.

"신성제국 황제 크루이거, 검신 엑페, 그리고 엘프 군주 트리온 이렇게 세 명뿐이야."

그것은 충격적인 이야기였다.

물론 신성제국의 황제가 소드 마스터라든가, 레비그라스에 정말 '엘프'라는 종족이 존재한다든가 해서 충격받은 건 아니다.

'소드 마스터가 딱 세 명밖에 없다고?'

나는 허탈한 기분을 느꼈다.

전생에 지구를 침략한 귀환자들 중에만 해도, 총 열다섯 명의 소드 마스터가 존재했다.

'어떻게 그게 가능하지? 레비그라스에는 소드 마스터가 단세 명밖에 없는데, 정작 강제로 소환한 지구인들 중에 무려 열다섯 명을 소드 마스터로 만들어냈다고?'

어쩌면 그 이상일지도 모른다. 인류가 거의 멸망했을 때도 귀환자는 계속해서 돌아오고 있었으니까.

나는 믿을 수 없다는 얼굴로 마무사를 향해 물었다.

"정말 세 명뿐입니까? 정말로?"

"그렇대도! 이건 너무 유명해서 나 같은 시골 촌놈이 도시로 상경하기 전부터 다 알던 사실이라고. 무엇보다 최근 백년 동안 바뀌질 않았으니까."

"백 년요?"

"응. 백 년."

"백 년 동안 바뀌지 않았다는 건, 좀 전에 말한 세 명이 백년 이상 생존하고 있다는 건가?"

빅터가 물었다. 마무사는 놀란 표정의 동료들을 찬찬히 둘러보며 말했다.

"당연하지. 소드 마스터가 되면 수명이 팍 늘어난다고. 애초에 검신 엑페는 200년쯤 전부터 활동하던 사람이야. 엘프군주야 말할 것도 없고. 엘프들은 그냥 수명 자체가 기니까."

"…그럼 제국 황제는요?"

"그 사람이 마지막으로 소드 마스터가 된 사람이지. 지금 130살쯤 되었을걸?"

"그런……."

"그리고 제일 강하다고 해. 소드 마스터 중에 말이야. 무엇보다 무려 30살에 소드 마스터가 된 천재 중의 천재니까. 그래서 누구도 함부로 신성제국에 덤비질 못해. 물론 황제를 제외하고도 최강의 군사력이라고 하지만……."

마무사는 텅 빈 술잔을 노려보다 고개를 저었다.

"이거 안 되겠군. 더 마셨다간 내일 수련하러 못 나가겠어."

"고작 세 잔 마셨는데? 생각보다 술이 약하군."

커티스가 가볍게 도발했다. 마무사는 코웃음을 치며 답했다.

"오러 수련은 섬세한 작업이라고. 말하는 거 보니 형씨는 오러 쪽이 아닌가 본데, 마법사인가? 아니면 그냥 평범한 민간인?"

"…평범한 민간인이라 미안하군."

커티스는 남은 술을 단숨에 마신 다음, 직접 한 잔 더 주문했다.

물론 커티스는 평범한 인간이 아니었다. 나는 이야기가 점점 더 심각해질 것을 예상하며 그에게 말했다.

"커티스, 이번에 나오는 한 잔만 마시고 여관으로 돌아가도록 하죠."

"정말? 이제 좀 시작하려고 하는데?"

"술은 내일도 마실 수 있을 테니까요."

"그게 좋겠군. 이걸 마지막 잔으로 하라고."

빅터가 새로 나온 술잔을 대신 받아 건네며 말했다. 커티스
는 아쉬운 표정으로 술잔을 바라보며 중얼거렸다.

"이거… 혹시 병으로 따로 안 파나?"

술은 병으로는 팔지 않았다.

대신 통으로 팔았다.

우린 가게 주인에게 커다란 맥주 한 통을 20쎌에 추가로 구입한 다음 '모래의 집' 여관으로 돌아갔다.

우린 모두 한 방에 모여 둘러앉았다.

커티스는 곧바로 통을 따 여관에서 준 컵에 따라 마시며 말했다.

"1년 만에 마시는 맥주 맛이 탁월하군. 미지근한데도 끝내줘."

"나도 오늘 하루는 천국 같았다. 강제로 소환되고 나서 이런 좋은 날이 올 거라곤 상상도 못 했는데……. 심지어 지구로 돌아가면 만능 통역사로 활동할 수 있게 되었군. 중학교도 못 나온 주제에, 나 완전 출세했는데?"

스네이크아이도 잔을 따라 받으며 웃었다. 나는 함께 따라 웃으며 바로 본론으로 들어갔다.

"지구 이야기가 나와서 하는 말인데, 일단 당장 지구로 귀환하는 건 불가능합니다."

"아무래도 그렇겠지? 그런데 돌아가는 것 자체가 가능하긴 하나?"

"가능은 합니다. 제가 말한 귀환자가 되는 거죠. 물론 그 기술을 대신전이 가지고 있다는 게 문제입니다만."

"레비교의 신관들 말이지."

"그렇습니다."

나는 빅터를 보며 말했다.

"저 역시 레비그라스 차원에 대해 모두 아는 것은 아닙니다. 어쩌면 레비교의 신관들 말고 차원을 전이하는 마법을 쓸 수 있는 자들이 있을지도 모릅니다. 앞으로 계속 조사를 하면 알게 되겠죠. 하지만 만약 그렇다 해도, 저는 지구로 돌아가지 않을 겁니다."

"신성제국을 무너뜨리기 위해서인가?"

램지가 물었다. 나는 고개를 끄덕이며 말했다.

"그렇습니다. 제가 전생에 어떤 인간이었고, 어떤 목적으로 회귀를 선택했는지는 모두 알고 계시겠죠. 물론 레비그라스 차원으로 회귀한 건 예상 밖이었습니다만, 덕분에 적들의 계획을 사전에 막을 수 있는 기회를 얻게 되었습니다."

"하지만 주한, 낮에 가이드가 말하지 않았나? 신성제국은 정말 강한 나라인 것 같네. 레비그라스 차원을 양분하는 세력이고, 심지어 황제가 그… 뭔가 대단한 거라고 하지 않았나?"

"네, 소드 마스터라고 했죠."

"맞아, 소드 마스터. 그건 오러를 다루는 능력 중에 가장 높은 경지에 오른 자를 말하는 게 아닌가? 대체 얼마나 강할지 상상도 안 가는군."

"정말 지긋지긋하게 강합니다."

나는 치를 떨며 전생의 귀환자들을 떠올렸다.

"하지만 그런 건 중요하지 않습니다. 제게 다른 선택의 여지는 없으니까요. 하지만 여러분들은 다릅니다. 저는 여러분들을 강제로 제 싸움에 끌어들일 생각은 없습니다."

"이봐, 우린 이미 동료라고."

빅터가 은근한 목소리로 말했다.

"운명 공동체라든가, 뭐 그런 거창한 이야기는 아니야. 중요한 건 지금 당장 우리가 여기서 뭘 할 수 있겠나?"

"그 점을 지금 여기서 확실히 해두려고 합니다."

나는 심호흡을 하며 모두를 살폈다.

"여기서 저와 램지 씨를 제외한 모두는 이미 하나의 조직이었습니다. 빅터를 필두로 한, 수용소를 탈출한다는 목표를 가지고 힘을 모은 조직이었죠."

"조직 이름은 '빠삐용'이었지. 이제 와선 아무 상관 없지만."

빅터가 웃으며 말했다. 나도 살짝 웃으며 고개를 끄덕였다.

"중요한 건 지금부터입니다. 만약 평화를 원하신다면, 저는 샌드 웜의 이빨을 판 돈을 정확히 나눠 가지고 여기서 헤어지려 합니다."

"헤어진다고?"

순간 모두의 몸에서 긴장이 느껴졌다.

나는 가만히 고개를 끄덕이며 말했다.

"지금부터 제가 할 일은 시기상의 문제만 있을 뿐 대단히 위험한 일입니다. 물론 저와 함께한다 해도, 당장 여러분들이 '전투'에 동원될 일은 없을 겁니다. 이곳의 인간들은 너무 강하니까요. 하지만 비전투 요원으로 함께한다 해도 언제, 어디서 전투에 휘말려 목숨을 잃을지 알 수 없습니다. 특히 여기 계신……."

나는 고개를 돌려 램지를 바라보며 말했다.

"램지 씨 같은 경우는 더더욱 말이죠. 차라리 저와 멀리 떨어진 안전한 곳에 자리를 잡고, 이쪽 세계를 배워가며 안정을 찾는 것도 나쁘지 않다고 생각합니다."

"그런 섭섭한 소리 말게."

램지는 즉시 반발했다.

"내가 비록 늙었고, 배운 학문은 쓸모없게 되었네만… 그래도 회복 마법을 쓸 수 있지 않나? 비록 죽는 한이 있더라도,

조금이라도 자네에게 도움이 된다면 그걸로 만족하네."

"감사합니다, 램지 씨."

나는 고개를 숙이며 램지에게 경의를 표했다.

"다른 모두에게도 한 명씩 이야기를 듣고 싶습니다. 가급적 모두 자신의 판단에 의해 선택해 주시길 바랍니다. 어떤 선택을 한다 해도 비난할 생각은 없습니다. 자신의 목숨과 인생이 달린 문제니까요."

그러자 한동안 침묵이 찾아왔다.

잠시 후, 빅터가 맥주를 들이켜며 침묵을 깼다.

"크으, 이거 정말 맛 좋군. 그런데 말이야, 주한."

"네, 빅터."

"너는 인류가 멸망하는 꼴을 눈앞에서 직접 봤지. 그 신성 제국 놈들에게 증오가 엄청날 거야. 그러니 아마 그 무슨 일이 있어도 그 일을 막으려 할 테지. 안 그런가?"

"네, 그렇습니다."

"그런데 나도 말이야. 너만큼은 아니라도 만만치 않게 그놈들을 죽여 버리고 싶어. 한번 생각해 보라고. 우리가 지난 1년 동안 수용소에서 살아남으면서… 아니, 우리란 표현은 안 쓰는 게 좋겠군. 나는 정말 그 간수 놈들의 불알을 발로 걷어차 주고 싶어서 못 견딜 지경이었다고. 죽지 않으려고 참은 것뿐이지. 그런데 이제 드디어 그 기회가 온 거야. 비록 내 발등으로 그 짜릿한 감촉을 느낄 순 없다 해도… 상관없어. 누군가 대신 걸어차 줄 인간을 돕는 것만으로도 충분해."

빅터는 처음으로 자신의 진심을 드러낸 듯했다.

나는 가만히 웃으며 대답했다.

"가능하면 당신도 직접 걸어차실 수 있도록 도움을 드리겠습니다."

"그래. 그러니 최대한 빨리 그 오러를 수련시켜 달라고."

빅터는 씩 웃으며 다른 사람들을 둘러보았다.

"방금 말했듯이, 나는 주한과 함께한다. 그리고 주한이 새로운 보스다. 이제 더 이상 탈출을 위한 조직 '빠삐용'은 없다. 하지만 이건 내 개인적인 판단이다. 너희 모두 스스로 판단해서 선택해라. 강요는 안 할 테니까."

"나도 함께한다."

커티스가 내 눈을 마주 보며 말했다.

"내 목표는 살아서 고향 집으로 돌아가는 거다. 그리고 그걸 위해선 널 돕는 게 최선일 것 같다. 그렇지 않나, 문 준장?"

"그냥 주한이라고 부르세요."

나는 쓴웃음을 지었다. 그러자 도미닉과 스네이크아이가 번갈아 손을 들며 말했다.

"나도 같이 간다."

"나도. 그 자식들 처바를 수 있다면 죽어도 좋아. 그러니까 얼마든지 부려먹으라고."

"나는……."

마지막으로 빅맨이 한참 동안 고민하다 말했다.

"나는 빅터를 따르기로 결심했다. 물론 빅터의 조직은 더 이상 없다. 하지만 빅터가 너를 따른다면 나도 함께하겠다."

"감사합니다, 빅맨. 그리고 모두들."

나는 고개를 끄덕인 다음, 모두의 빈 잔에 직접 맥주를 따라주었다.

그리고 건배를 했다.

물론 뜻을 모았다고 상황이 달라지는 건 없었다.

하지만 나는 알고 있었다.

먼저 뜻을 세우고, 목표를 세워야 한다.

그렇게 하지 않으면 앞으로 닥쳐올 험난한 미래를 결코 버텨낼 수 없다.

전생의 나는 언제부턴가 목표를 생존 그 자체로 잡았다.

귀환자를 전멸시키고, 인류를 다시 부흥시키는 건 이미 불가능했으니까.

그렇게 비참하게 생존하며, 결국 회귀의 반지를 손에 넣었다.

하지만 지금은 다르다.

지금의 나는 결코 내 목표를 중도에 변경하지 않을 것이다.

그 어떤 일이 있더라도…….

*　　　*　　　*

"…음?"

잠에서 깨어났을 때, 나는 기묘한 감각에 사로잡혀 있었다.

불이다.

하지만 여관방에 불난 곳은 없었고, 무언가 타는 냄새도 나지 않았다.

그냥 조용히 어두운 한밤중이다.

하지만 어딘가에서 불이 났다는 것을 느낄 수 있었다.

그것도 아주 가까운 곳에서.

어쩌면 우연한 사고일 수도 있다.

하지만 나는 그렇게 생각하지 않았다. 일단 재빨리 몸을 일으키며 다른 사람들을 깨웠다.

"빅터, 램지, 일어나십시오. 커티스는 어디 있습니까? 불침번인가요?"

나는 두 사람을 깨운 다음 조심스레 문을 열었다.

"커티스?"

"응? 왜 그러지? 보스는 불침번 면제다. 예로부터 전통이야. 푹 자두라고. 괜히 신경 쓰지 말고."

"그게 아닙니다. 당장 옆방 사람들을 깨워서 이쪽으로 불러주세요."

그사이, 실제로 무언가 불에 타는 냄새가 나기 시작했다. 커티스는 즉시 옆방으로 달려가 사람들을 깨워 내 방으로 데려왔다.

나는 모두에게 말했다.

"지금 이 건물 어딘가에서 불이 났습니다."

순간 모두가 경악한 얼굴로 펄쩍 뛰어올랐다.

"그럼 지금 뭐 하고 있나! 당장 밖으로 탈출하지 않고!"

"지금은 안 됩니다."

나는 램지를 보며 고개를 저었다.

"탈출 자체는 간단합니다. 그냥 창밖으로 나가면 됩니다. 여긴 1층이니까요."

"정말 타는 냄새가 난다."

빅맨이 코를 킁킁거리며 말했다. 나는 최대한 침착한 표정으로 설명했다.

"이게 그냥 실화라면 아무 문제도 없습니다. 적당할 때 밖으로 나가면 되겠죠."

"그냥 지금 나가면 안 되나?"

"문제는 방화일 때입니다."

나는 캄캄한 창밖을 보며 말했다.

"누군가 의도적으로 여관에 불을 질렀다고 생각해야 합니다. 그렇다면 목표는 당연히 우리들입니다."

"신성제국이 추격자를 보낸 건가? 암살자라든가?"

역시 빅터는 감이 빨랐다. 나는 고개를 끄덕이며 창밖을 가리켰다.

"이미 대기하고 있는 자들이 있을 겁니다. 우리가 불을 피해 밖으로 나온 순간 기습을 가하겠죠."

"그럴 가능성이 높지. 그러면 어떻게 하지?"

"제가 먼저 밖으로 나가 적들을 처리하겠습니다. 여러분들을 최대한 버틸 수 있을 때까지 버티다가, 화재가 이곳까지 번지면 그때 창밖으로 도망치십시오."

"좋아. 그럼 일단 짐부터 챙겨놓자고."

빅터를 시작으로 모두가 고개를 끄덕이며 짐을 챙기기 시작했다.

어젯밤의 결의를 통해 우리들은 명령 체계를 확실하게 정립했다. 조금이라도 위기가 벌어질 시엔, 내 명령을 그 무엇보다 우선한다.

그리고 지금은 위기 상황이다. 나는 먼저 침구를 둘둘 말아 둥글게 묶으며 커티스에게 물었다.

"커티스, 혹시 여관 주변에 잠복한 적을 확인할 수 있습니까?"

"잠복? 아… 잠시만 기다려."

커티스는 눈을 감고 집중했다.

"…모르겠다. 내 공간 지각 능력으로는 움직이지 않는 존재를 구분하기 힘들어."

"그렇다면 정말 꼼짝도 안 하고 기다리고 있다는 말이군요."

나는 창밖을 노려보며 입술을 깨물었다.

적은 프로다.

그렇다면 이미 철저하게 함정을 파고 기다리고 있을 것이다. 나는 커티스에게 닫혀 있는 창문을 열라고 지시했다.

커티스가 창문을 연 순간, 나는 둘둘 말아놓은 침구를 밖으로 집어 던졌다.

파바바바바바박!

침구는 땅에 떨어지기도 전에 순식간에 벌집이 되었다.

화살이다.

그사이, 나는 시간 차를 두고 창밖으로 몸을 날렸다.

그러자 높은 곳에서 화살을 쏜 적과는 별개로, 반대편 건물의 골목에 잠복해 있던 세 명의 적이 순식간에 달려들었다.

꼬나 쥔 창날이 정확히 일정한 각도에서 날아온다.

엄청난 속도로.

하지만 내가 더 빨랐다.

계산은 단순했다. 적들의 오러는 주황색이었고, 나는 노란색이었으니까.

날아오는 창을 피하고, 오른쪽 적의 목을 나이프로 그어버린 다음, 다시 가운데 있던 적의 명치 깊숙한 곳에 찔러 넣었다.

그리고 손목을 비틀며 뽑아냈다.

푸확!

어둠 속에서 붉은 피가 솟구쳤다.

동시에 마지막 남은 적의 창날이 재차 날아든다.

모든 동작이 군더더기 없이 예리하고 빠르다.

분명 엄청난 반복 훈련을 거듭했을 것이다. 나는 적의 창날을 가볍게 피하며 그렇게 생각했다.

그리고 적의 왼쪽 가슴에 수직으로 나이프를 내리꽂았다.

콰직!

단 일격이었다.

그 일격으로 적의 오러와 피부, 근육과 뼈를 관통하며 심장 깊숙한 곳으로 칼끝을 찔러 넣었다.

적은 2단계 오러 유저다.

그 말은 오러 스텟이 150을 넘겼고, 내구력 스텟도 최소 100을 넘겼다는 이야기다.

전생의 인류 저항군 기준으로 최소한 1개 대대 이상의 병력을 동원해야 잡을 수 있는 괴물.

그런 괴물들을 나는 나이프 한 자루만 들고 가볍게 해치웠다.

물론 평범한 나이프는 아니었지만, 그렇다고 아주 대단한 마법 무기도 아니다.

그때 머리 위로 두 번째 사격이 날아왔다.

슈슈슈슈슈슉!

그것은 먼저 집어 던진 침구를 벌집으로 만들었던 화살이었다.

보통은 화살을 맞으면 고슴도치가 될 것이다. 하지만 적의 화살은 침구를 '관통'하며 무수한 구멍을 뚫어놓았다.

화살에 오러가 실려 있기 때문에 가능한 묘기다.

하지만 걱정 없다. 나는 날아오는 화살을 피하며 벽을 타고 한순간에 건물의 지붕을 향해 뛰어올랐다.

"……!"

순간 지붕 위에 있던 10여 명의 사수와 눈이 마주쳤다.

사수 전원의 몸에 붉은 오러가 일렁이고 있다.

전원이 1단계 오러 유저다.

그래서 걱정이 없었던 것이다. 화살촉에도 붉은 오러가 서려 있었으니까.

나는 즉시 가까운 곳에 있는 사수부터 제거하기 시작했다.

하나씩.

하나씩.

하나씩…….

그렇게 아홉 명의 사수를 제거하는 동안, 마지막 남은 사수는 새로운 화살을 딱 두 발 발사했다.

그리고 달려오는 날 보며 마지막으로 왼쪽 눈을 찌푸렸다.

"근력이 240이라고?"

녀석이 본 것은 오러로 강화된 나의 스텟이었다.

물론 쓸데없는 짓이다.

이런 상황에 스캐닝은 필요 없다. 내가 눈으로 상대의 오러 색을 확인할 수 있듯, 상대도 눈으로 내 오러의 색깔을 확인할 수 있을 테니까.

척!

나는 가차 없이 녀석의 목에 나이프를 휘둘렀다.

목의 혈관만 베어버릴 생각이었다. 하지만 힘이 과했는지 목 전체가 잘라지며 머리통이 날아가 버렸다.

마치 가지고 놀던 벌레의 몸을 실수로 뭉개 버린 것처럼.

3단계 오러 유저에게 있어, 1단계 오러 유저란 대체로 그런 의미였다. 나는 고개를 돌려 내가 잠들었던 여관 건물을 바라보았다.

불타고 있다.

3층인 여관 건물은 3층부터 불타고 있었다.

그리고 불을 지른 것은 마법사다.

세 명의 마법사가 지금 이 순간에도 여관을 향해 화염을 퍼붓고 있었다.

공중에 뜬 채.

'어떻게 접근하지?'

나는 하늘을 날 수 없다.

마법사들은 낮은 등급만 되어도 비행 마법이 가능하다. 하지만 오러를 다루는 전사는 최소한 2단계의 소드 익스퍼트가 되어야 단거리의 비행이 가능하다.

나는 막막함을 느꼈다.

하지만 이것은 내가 가진 인간으로서의 막막함이다.

지구인이 가진 의식의 한계일까?

나는 너무 오랜 기간 동안 '평범한' 인간으로 살아왔다.

하지만 지금은 아니다.

나는 전생에 나와 비슷한 힘을 가지고 있던 귀환자들의 전투를 떠올렸다.

그들이 할 수 있다면, 나도 할 수 있다.

나는 즉시 지면을 박차며 여관 지붕을 향해 몸을 날렸다.

그곳은 새빨갛게 불타고 있었다.

하지만 상관없다. 내 항마력은 123이니까.

'항마력은 마법에 대한 직접적인 저항력이다. 하지만 열기나 냉기 같은 자연적인 온도에 대한 저항력이기도 하다. 귀환자 중에 소드 익스퍼트 1단계만 되어도 네이팜탄을 견뎌냈지.'

그렇다면 이런 불쯤은 아무것도 아니다.

나는 30여 미터를 뛰어 불붙은 여관 지붕에 착지했다.

도약은 충분했고, 불길은 역시 문제가 아니었다.

문제는 착지 순간에 지붕이 내 반동을 이기지 못하고 무너진 것이다.

콰지지지지직!

불붙은 목조건물이라 그런지 내구력이 한없이 약해진 상태였다.

나는 여관 3층으로 추락했다.

다행히 3층의 바닥은 멀쩡했다. 나는 착지와 동시에 지면을 박차며 다시 공중으로 뛰어올랐다.

불을 뿜어내고 있는 세 명의 마법사 중 한 명을 향해.

"……!"

마법사는 즉시 내 쪽을 향해 손바닥을 돌렸다.

불길이 내 쪽으로 집중된다.

하지만 그와 동시에 내가 휘두른 나이프가 녀석의 양 손목을 동시에 베어 날렸다.

스윽!

마치 칼로 두부를 베듯, 너무도 부드럽게 잘려 나간다.

전사가 아니라 오러로 몸을 보호할 수도 없고, 내구력 자체도 약하기 때문일 것이다.

"크아아악!"

마법사는 양 손목으로 피를 뿌리며 비명을 질렀다. 나는 공중에 떠 있는 녀석의 멱살을 움켜쥔 다음, 가볍게 어깨 위로 뛰어올라 안착했다.

"이, 이, 이 더러운 지구 놈이!"

말투만 들어도 수용소의 교관을 떠올리게 했다. 나는 녀석의 양어깨를 발판 삼아 다른 마법사가 있는 곳으로 도약했다.

"크억!"

도약하며 찍어 누른 힘이 너무 강했는지, 녀석은 외마디 비명과 함께 불타는 여관을 향해 추락했다.

그리고 나는 정확히 같은 방식으로 두 번째 마법사의 몸에 안착했다.

"크아아아아아아악! 이 자식! 당장 내 어깨에서 내려와! 더러운 지구 놈아!"

양손을 잃은 두 번째 마법사가 몸부림치며 발작하기 시작했다. 하지만 내 의식은 이미 녀석을 떠나 세 번째 마법사를 향해 있었다.

그리고 세 번째 마법사는 앞서 두 명보다 매우 현명했다.

나와 시선이 마주친 바로 그 순간부터, 즉시 몸을 돌려 반대편으로 도망치기 시작했다.

벌써 거리가 40미터까지 벌어졌다.

과연 저기까지 도약할 수 있을까?

지금 걱정한 것은 내 도약력이 아니다. 공중에서 나를 지탱하고 있는 마법사란 이름의 발판이다.

저기까지 도약하려고 힘을 주는 순간, 마법사는 내 힘을 이기지 못하고 곧바로 추락할 것이다.

'이게 어느 정도는 버텨줘야 힘을 더 낼 수 있는데 말이지……'

고민하는 사이에 거리가 더 벌어졌다. 나는 도약을 포기하고 나이프를 쥔 오른손을 뒤로 당겼다.

그리고 도망치는 마법사의 등을 향해 투척했다.

퍽!

투척과 동시에, 나이프는 마법사의 등을 관통하며 더 먼 곳으로 날아갔다.

"……."

나는 텅 빈 오른손을 보며 잠시 동안 감탄했다. 비록 내가 던졌지만, 그래도 이렇게까지 정확할 줄은 예상하지 못했다.

"이 배교자 놈! 더러운 이단자! 감히 레비의 신관을 죽이다니 천벌이 내릴 거다! 죽어라! 죽어버려!"

그 와중에도 발판은 여전히 피를 뿌리며 마구 소리를 질러댔다.

이 녀석은 자신의 머리가 내 두 다리 사이에 끼어 있다는 사실을 전혀 의식하지 않고 있는 것 같다.

덕분에 두 다리를 가볍게 비트는 것만으로 충분했다.

콰직!

종아리로 사람을 죽여보는 건 처음이다.

죽은 마법사는 그대로 불타는 여관을 향해 추락했다.

콰직!

이번에도 천장이 무너지며 3층으로 곧장 떨어졌다.

콰지지직!

그런데 이번에는 3층의 바닥도 무너졌다. 2층 복도로 추락한 나는 숨 막히는 열기를 참으며 곧바로 창문 밖으로 몸을 던졌다.

그러자 또 다른 적들이 기다리고 있다는 듯 일제히 몸을 날렸다.

창을 쥔 2단계 오러 유저 세 명.

나는 첫 번째 창을 고개를 숙이며 피했고, 두 번째 창은 몸을 비틀며 피했다. 그리고 세 번째 창은 정확한 타이밍에 창목을 손날로 후려쳐 날렸다.

그리고 몸을 회전하며 녀석의 목에 주먹을 날렸다.

콰직!

목에 있는 여러 가지 것들이 동시에 으스러지는 느낌이 강렬하다. 동시에 적의 몸이 새우처럼 앞으로 오그라들었다.

이건 즉사다.

혹은 잠시 후에 죽을 것이다. 나는 녀석의 몸을 발판 삼아 반대편 건물의 벽으로 뛰어올랐다.

"큭!"

"뭐냐, 저건!"

살아남은 두 녀석은 나와 교차하며 불타는 여관 속으로 몸을 던진 꼴이 되었다. 나는 반대편 건물의 벽을 타고 지면에 착지한 다음, 두 녀석이 다시 밖으로 튀어나오길 기다렸다.

먼저 나온 건 사람이 아니라 창이었다.

쉬이이이익!

날카로운 창날이 불길을 뚫고 내가 서 있는 곳을 향해 날아왔다.

하지만 느렸다. 나는 타이밍을 맞춰 날아오는 창을 허공에서 낚아채듯 움켜쥐었다.

파지지지직!

창대에 서려 있는 오러가 내 손의 오러와 반응하며 강한 반발력을 일으킨다. 나는 손아귀에 힘을 주며 억지로 반발력을 견뎠다.

'암살자 주제에 창 따위를 병기로 쓰다니. 물론 단창이긴 하지만⋯⋯.'

그 순간, 억지로 버티던 두 명의 적이 불타는 여관 밖으로 튀어나왔다.

나는 둘 중에 창을 쥔 녀석을 향해 창을 집어 던졌다.

푸확!

창은 일격에 녀석의 명치를 관통하고 지나갔다.

남은 건 맨손으로 날아오는 녀석이다. 나는 몸 전체로 덮치는 적의 공격을 피한 다음, 녀석이 지면에 충돌하는 순간을 노려 뒷목에 주먹을 내려쳤었다.

빠득!

동시에 녀석의 머리가 경련을 일으켰다. 아직 살아 있지만, 목뼈가 부러졌으니 더 이상 신경 쓸 필요는 없다.

나는 죽어가는 적을 내버려 둔 채 주변을 살폈다.

더 이상 적은 없는 듯했다.

그사이, 화재를 눈치챈 뱅가드의 시민들이 밤거리로 뛰쳐나와 소리를 지르며 구경하기 시작했다.

"모두 조심해!"

"사방을 경계해! 적이 몰려올지 모른다!"

그때, 마지막까지 버티던 동료들이 1층의 창문을 박차며 밖으로 뛰쳐나왔다.

그런데 사람이 여섯보다 많았다.

그들이 나온 곳은 다른 방의 창문이었고, 함께 탈출한 사람들 중에는 다른 방에서 자고 있던 마무사와 여관집 주인 내외도 있었다.

가장 먼저 튀어나온 커티스가 날 발견하며 소리쳤다.

"보스! 적은 어떻게 됐습니까!"

"전부 해치웠습니다! 하지만 아직 조심하세요!"

"네! 알겠습니다!"

커티스는 아무래도 위기 시엔 경어를 쓰기로 작정한 듯했다. 나는 몰려드는 시민들을 하나씩 살피며 수상한 사람이 있는지 확인했다.

"모두 비키십시오! 소방관이 옵니다!"

잠시 후, 십여 명의 경비병이 몰려오며 구경꾼들을 통제하기 시작했다. 나 역시 동료들과 함께 뒤로 물러나며 주위를 경계했다.

"내 여관이……."

불타는 건물을 보는 여관 주인의 얼굴이 허망했다. 나는 여관 주인을 보며 애도의 마음을 가졌다.

이 남자는 하루아침에 삶의 터전을 잃은 것이다.

바로 우리들 때문에.

그때 하늘색 로브를 입은 다섯 명의 남자가 대로 쪽에서 달려오며 자기들끼리 소리쳤다.

"소방경님! 화재가 너무 커서 저희들끼리 제압은 무리입니다!"

"당장 흩어져서 방벽을 세워! 주변 건물로 불이 옮기는 걸 막는다!"

그러자 다섯 명의 소방관 중 네 명이 건물의 동서남북으로 흩어졌다. 그리고 지휘관의 명령에 따라 화재가 번지지 않도록 방벽을 치기 시작했다.

그것은 얼음의 벽이었다.

"아이스 월!"

"아이스 월!"

"아이스 월!"

"아이스 월!"

소방관들은 연신 마법을 사용하며 10여 미터 높이의 얼음 벽을 연속해서 세웠다. 그러자 함께 구경하던 빅터가 눈살을 찌푸리며 중얼거렸다.

"얼음으로 벽을 세우는 마법이라니… 엄청난데? 그런데 저 정도면 그냥 불을 직접 끌 수 없나?"

나도 동감이었다.

하지만 저렇게 하는 나름의 이유가 있을 것이다. 나는 소방관 중에 지휘관으로 보이는 남자를 스캐닝하며 능력을 살폈다.

이름: 이루샹트 오바망

레벨: 7

종족: 레비그라스인

기본 능력

근력: 61(71)

체력: 56(78)

내구력: 66(72)

정신력: 34(38)

항마력: 77(97)

특수 능력

오러: 0(0)

마력: 132(159)

신성: 0(0)

저주: 0(0)

각인: 스캐닝(하급), 언어(하급), 맵온(하급)

마법: 냉기(6종류), 물(4종류), 바람(2종류)

'레벨에 비해 기본 능력은 상당히 낮군.'

그것은 마법사들의 전형적인 특징이다.

물론 전생에는 레벨을 볼 수 없었다. 하지만 마법사들이 다루는 마법에 비해 기본 스텟이 떨어진다는 것 정도는 쉽게 눈치챌 수 있었다.

하지만 기본 능력의 스텟이 떨어진다고 무시할 수만은 없다. 귀환자들과의 전쟁을 떠올리면, 마법사들은 상황에 따라 오러를 다루는 전사보다 더욱 골치 아픈 존재기도 했다.

그때 서른 명 정도의 경비병이 추가로 몰려왔다. 그중에 선두에 서 있던 세 남자가 갑자기 날 향해 고개를 돌렸다.

"……."

나는 3초 정도 남자를 마주 보았다.

순간 남자가 왼쪽 눈을 살짝 찌푸렸다. 동시에 두 눈을 부릅뜨며 내 쪽으로 다가오기 시작했다.

"실례합니다. 저는 27번 구역 치안대 대장인 루덴이라 합니다. 부디 귀하의 성명과 직업을 알려주시기 바랍니다."

남자는 내 앞에서 멈추며 말했다.

그것은 정중한 요청이었다. 하지만 언제라도 허리에 찬 칼을 뽑을 수 있도록 만반의 준비를 갖추고 있었다.

나는 잠시 고민하다 대답했다.

"주한이라고 불러주십시오. 그리고 직업은… 아직 없습니다."

치안대의 대장인 루덴이 날 스캐닝한 이유는 간단했다.

"온몸에 피 칠갑을 하고 있었으니까요. 보기 싫어도 눈에 확 띄었습니다."

"전부 적의 피입니다. 막 전투를 끝내서 정신이 없었습니다. 여관을 공격한 자들의 정체가 뭡니까?"

나는 답을 알고 있으면서도 질문했다. 루덴은 심각한 표정으로 헛기침을 하며 대답했다.

"빛을 쫓는 자입니다."

"빛을 쫓는 자?"

"레비교의 광신 집단입니다. 테러리스트죠. 자유 진영은 이름 그대로 모든 믿음에 자유를 두고 있습니다만… 그중엔 스스로 신성제국의 교리에 심취해 빠져든 자들이 있습니다. 거기에 신성제국에서 파견한 신관들이 결합되어 테러 조직이 만들어졌습니다."

루덴은 한숨을 내쉬며 캄캄한 창밖을 바라보았다.

내가 있는 곳은 27번 구역의 치안 관리서였다.

치안 관리서는 일종의 경찰서다. 이름과 직업을 물어본 루덴은 곧바로 치안 관리서까지 동행을 요청했다.

처음에는 일이 복잡하게 진행되지 않을까 걱정했다.

일단 무턱대고 감옥에 처넣든지 하면 매우 곤란할 것이다.

그렇다고 힘으로 해결하는 것도 마찬가지다. 이미 신성제국이란 거대한 적을 두고 있는 마당에 자유 진영의 공권력을 적으로 돌리는 건 위험했다.

하지만 기우였다.

치안 관리서에서 도착한 루덴은 매우 정중한 태도로 우리들을 대접하며 이야기를 나눴다.

"이곳 뱅가드는 바로 그 빛을 쫓는 자의 최대 활동 거점입니다. 아무래도 유동 인구가 많고 상업이 발달했으니까요. 숨을 곳도 많고 자금을 확보할 곳도 많습니다. 심지어 사막을 건너면 바로 신성제국의 땅이죠. 몇 달 전에도 34번 구역에서 큰 테러가 있었습니다."

"빛을 쫓는 자는 당연히 신성제국의 명령을 받고 행동하는 거겠죠?"

"그렇습니다. 물론 제국은 자신들과 관련 없는 조직이라고
발뺌하고 있지만요."

그렇다면 한 시간 전의 사건도 신성제국이 직접 명령을 내
린 것이리라.

물론 이런 일이 생길지도 모른다는 예상은 했다.

하지만 뱅가드에 도착한 지 고작 사흘도 되지 않았다. 아무
리 나라도 이렇게까지 빨리 움직일 거라곤 생각하지 못했다.

"뱅가드가 녀석들의 최대 거점이라면, 어떻게든 대규모의
수색 작전을 벌여서 섬멸해야 하지 않을까요?"

나는 조심스럽게 의견을 냈다. 루덴은 씁쓸한 표정으로 고
개를 끄덕였다.

"말씀하신 대로입니다. 하지만 인력이 부족합니다. 예산과
인력은 대부분 내성에 집중되어 있으니까요. 윗분들은 외성에
서 테러가 발생해도 내성만 안전하면 상관없다는 태도입니다."

"…그렇군요."

난 쓴웃음을 지으며 고개를 끄덕였다.

아무리 차원이 다르다 해도 인간이 사는 곳에는 항상 비슷
한 일이 벌어지는 모양이다.

나의 전생도 마찬가지였다.

귀환자들에 의해 인류가 멸망해 갈 무렵, 권력자와 갑부들
중 일부는 자신들이 만든 비밀스러운 지하 벙커에 몸을 숨기

고 외부와의 모든 연결을 차단했다.

물론 멍청한 짓이었다.

귀환자들은 지상에 죽여야 할 인간의 씨가 마르자, 마치 숨겨놓은 디저트를 꺼내 먹듯 세계 각지에 있는 벙커를 기어이 찾아내 파괴하기 시작했다.

나는 머릿속의 잡생각을 지우며 루덴에게 물었다.

"그런데 치안관님, 대체 뭘 믿고 제게 이런 이야기를 해주시는 겁니까? 직접 할 말은 아니지만… 저는 굉장히 수상한 인간이 아닙니까?"

"물론 수상하다면 수상합니다만."

루덴은 직접 내온 차를 마시며 가볍게 웃었다.

"전소된 '모래의 집' 여관의 숙박객은 오직 당신과 당신의 동료들이 전부였습니다. 그러니 빛을 쫓는 자는 여러분들을 노린 겁니다. 그리고 빛을 쫓는 자가 공격했다면 분명 신성제국의 적이겠죠?"

"물론 그렇습니다만……."

"보고에 따르면 빛을 쫓는 자는 꽤나 대규모로 움직인 것 같습니다. 정예만 열 명 정도가 한 번에 동원됐으니까요. 이 정도면 대놓고 죽여야 한다는 지령이 떨어진 겁니다. 신성제국의 윗선에서 말이죠."

루덴은 어깨를 으쓱이며 말을 이었다.

"당장 저와 제 직속 부하들이 나섰어도 이기기 힘들었을 겁니다. 27번 구역의 전 병력이 동시에 출동하면 승부가 됐을까요? 잘 모르겠습니다. 그런데 당신은 그걸 혼자서 전부 쓸어버렸습니다. 그러니 수상하다고 제가 뭘 어쩌겠습니까? 부디 말이 통하는 사람이길 바라며… 이렇게 사정 청취나 해야겠죠. 차도 한잔 대접하면서 말입니다."

결국 무력으로 제압하는 건 불가능하고, 보아하니 신성제국의 적인 것 같으니 좋게 좋게 말로 풀어가자는 이야기였다.

나는 일단 안심했다.

하지만 이 말은 거꾸로 풀이할 수도 있다. 만약 이들에게 날 제압할 수 있는 힘이 있다면, 얼마든지 억지로 구속해서 강제력을 발휘할지도 모르는 것이다.

나는 은근한 말투로 물었다.

"혹시 말입니다. 지금 이 순간에도 내성에 있는 강력한 치안관들이 이쪽으로 몰려오고 있는 것 아닙니까? 저를 제압하기 위해서?"

"여러분들을 제압하기 위해서는 아닙니다만, 어쨌든 위쪽에 요청은 했습니다."

루덴은 차를 마시며 빙긋 웃었다.

"하지만 안 오는군요. 그러니 너무 걱정하실 필요 없습니다. 애초에 오란다고 오는 분들이 아니니까요."

"…뱅가드의 치안이 매우 걱정되는군요. 예를 들어 적들이 비밀리에 소규모 부대를 파견해서 국지전을 일으키면 어떻게 합니까? 정말 강자들을 보낸다면 단지 몇 명만으로도 구역 하나 정도는 순식간에 쑥대밭을 만들 텐데요?"

"어쩔 수가 없습니다. 저희 외곽 구역의 치안관들의 목표는 그저 시간 벌기니까요."

"네?"

"내곽의 병력이 준비를 마칠 때까지 시간을 버는 게 목표란 말입니다. 지구 사람들은 '총알받이'란 표현을 쓰죠. 무슨 말인지 아시겠습니까?"

물론 알고 있다. 지구인이니까.

"여기까지 돌아오면서 생각해 봤습니다. 짧은 시간이었습니다만, 여러분들의 정체에 대해서 말입니다. 실제로 어제부터 시내에 이상한 소문도 돌았고… 혹시 들어보셨습니까? 정체불명의 헌터들이 샌드 웜의 이빨 수십 개를 짊어지고 팔고 다닌다는 소문 말입니다."

"네. 그거 저희들입니다."

어차피 목격자도 많을 테니 숨겨봤자 소용이 없을 것이다. 루덴은 고개를 끄덕이며 말했다.

"저도 그렇게 생각했습니다. 어쨌든 당장 정체를 밝히실 필요는 없습니다. 딱히 알고 싶지도 않고요. 그저 한 가지만 대답해 주시면 감사하겠습니다. 여러분들은 여기 뱅가드의 27번 구역에 계속 거주하실 겁니까?"

"네. 당분간은 그럴 생각입니다. 물론 새로 살 곳을 마련해야겠지만요."

"혹시 괜찮으시면 관사에 머무르셔도 됩니다."

"관사요?"

"치안 관리서 바로 옆에 치안관과 경비병들을 위해 마련된 관사가 있습니다. 사실 서류 작업이 끝날 때까지라도 그곳에 계셔줬으면 합니다만."

"어떤 서류 작업 말입니까?"

"빛을 쫓는 자는 구성원 전원이 현상 수배범입니다. 이름이 알려진 네임드는 물론이고 말단 조직원까지 말입니다. 일반 조직원은 한 명 당 100씰. 각성을 한 정예 조직원은 한 명당 500씰의 현상금이 걸려 있습니다."

루덴은 테이블 위의 종이에 무언가를 쓱쓱 적으며 말했다.

"이번에는 전원이 정예 요원이니 현상금이 꽤나 나올 겁니다. 자세한 건 확인해 봐야겠지만 대충 여섯 명 정도를 잡으신 것 같으니……."

"19명입니다."

나는 즉시 루덴의 말을 정정했다.

"제가 잡은 테러리스트의 숫자는 모두 19명이었습니다. 창을 다루는 2단계 오러 유저가 여섯 명, 활을 쏘는 1단계 오러 유저가 열 명, 그리고 마법사가 세 명입니다. 그중에 마법사 두 명의 시체는 불탄 여관 건물로 떨어졌고, 궁수 열 명의 시체는 건너편 건물의 옥상에서 찾으실 수 있을 겁니다."

"…그렇군요."

루덴은 놀란 눈을 껌뻑이며 종이에 새롭게 무언가를 적었다.

"열아홉 명이라니… 그러면 시간이 좀 더 걸릴 수도 있겠군요. 아무튼 조사가 끝나는 대로 서류 작업을 끝내고 상부에 요청해 놓겠습니다. 말씀하신 대로라면 9,500쎌의 현상금이 나오겠군요. 축하드립니다. 제 한 달 봉급이 520쎌인데 말이죠."

"엄청난 돈이군요. 아무쪼록 잘 부탁드립니다, 치안관님."

나는 고개를 숙이며 부탁했다. 루덴은 급히 손사래를 치며 자신도 고개를 숙였다.

"무슨 말씀을. 부탁은 제가 드려야죠. 가급적 앞으로 27번 가에 문제가 생기면 많은 지도 편달을 부탁드립니다."

"지도 편달이라면?"

"아까 여기서 전쟁이라도 나면 어쩌느냐 하셨죠?"

정확히는 전쟁이 아니라 전투였지만, 나는 신경 쓰지 않고 고개를 끄덕였다.

"시가전이 벌어지면 저희들로는 절대 대처할 수 없습니다. 외곽 치안관과 경비병 따위는 순식간에 쓸려 버리겠죠. 하지만 뱅가드는 안티카 왕국 최고의 '수련 도시'이기도 하니까요."

"수련 도시… 는 뭡니까?"

"오러나 마법을 수련하는 도장들이 가장 많고 활성화되어 있는 도시란 의미입니다. 외부인은 잘 모를 수도 있습니다만,

원래 뱅가드의 외곽 구역은 이렇게 돌아갑니다."

"그러니까⋯⋯."

나는 잠시 생각하다 말했다.

"부족한 병력을 각 구역에 있는 클랜의 사범이나 수련생들로 충당한다?"

"그렇습니다. 모두 같은 구역에 사는 사람들이니까요. 어려울 땐 도우면서 살아야죠. 하하, 하하하하⋯⋯."

루덴은 넉살 좋게 웃으며 말했다.

"하하⋯ 음, 그런 의미에서 아직 뱅가드에 거주 신청을 하지 않으신 건 같군요. 주한 님을 비롯해 다른 동료분들 모두 말입니다."

"내일 구역 관리소에 가서 하려고 했습니다만⋯⋯."

"괜찮습니다. 제가 알아서 싹 처리해 놓을 테니 여기 이름과 나이만 적어주시기 바랍니다."

루덴은 내 앞으로 종이와 펜을 내밀었다.

물론 나는 레비그라스의 문자를 익히지 못했으므로 정중히 거절할 수밖에 없었다.

"죄송합니다. 저는 아직 안티카 왕국의 문자를 익히지 못했습니다. 괜찮으시면 말로 할 테니 대신 작성해 주시겠습니까?"

*　　　　*　　　　*

"큰일이었겠군요. 그래서 지금은 치안 관리서의 관사에 머무르고 계신 겁니까?"

머리를 길게 기른 30대가량의 남자가 안타까운 표정으로 물었다.

나는 가만히 고개를 끄덕이며 대답했다.

"대낮에도 경비병이 지키고 있으니 비교적 안전할 거라고 생각합니다. 물론 그래봤자 그보다 강한 적이 습격하면 속수무책으로 당하겠지만요."

"그게 바로 우리들의 세계가 가진 문제입니다. 개인의 힘이 높은 곳까지 강해질 수 있기 때문에 진정한 의미의 안전을 확보할 수가 없죠. 자, 한 잔 더 드시겠습니까?"

남자는 웃으며 차를 권했다. 나는 고개를 끄덕이며 빈 잔을 내밀었다.

남자의 이름은 코르시였다.

그는 27번 구역에 있는 '밸런스 소드 클랜'의 사범이었다.

마무사의 소개로 클랜을 찾은 나는 일단 사범과 상담이란 형식으로 대화를 나눴다.

"어젯밤에 벌어진 일은 이미 소문이 쫙 퍼졌습니다. 27번 구역뿐만 아니라 다른 구역까지 말이죠. 실력이 대단하신 것 같은데, 실례지만 스캐닝을 해도 되겠습니까?"

코르시는 정중하게 부탁했다. 나는 쓴웃음을 지으며 고개를 끄덕였다.

"물론입니다. 저는 여기 오자마자 사범님을 스캐닝했는데…
역시 무례한 행동이었을까요?"

"약간은요. 물론 길거리에서 들키지 않게 하는 건 크게 상
관없습니다. 하지만 이렇게 마주 보고 앉은 상황에서 말도 없
이 스캐닝을 하는 건 문제가 있지 않겠습니까?"

코르시는 왼쪽 눈을 살짝 찌푸린 다음 놀란 표정을 지었다.

"과연 훌륭하군요. 아직 젊으신 것 같은데 이런 성취라니…
혹시 어느 분께 오러를 사사받았는지 알려주실 수 있겠습니
까?"

"저는 독학했습니다."

"독학요?"

"그래서 궁금한 게 많습니다. 괜찮으시다면 사범님께 물어
보고 싶습니다만."

"얼마든지 물어보십시오. 저희 클랜은 24시간 무료로 상담
을 받고 있습니다."

케이블 TV의 쇼핑 광고 같은 문구였다. 나는 쓴웃음을 지
으며 말했다.

"그럼 먼저 오러에 대해 묻고 싶습니다. 혹시 오러가 일정
스텟까지 올랐을 때 더 이상 성장하지 않고 정체되는 현상에
대해 알고 계십니까?"

"정체라면……"

코르시는 눈을 깜빡이며 잠시 생각하다 말했다.

"혹시 두통이나 몸살이 생겼습니까? 고열에 시달린다든가, 악몽을 꾼다든가?"

"비슷한 증상이 있었습니다. 며칠 지나니 사라졌지만요."

"그렇다면 벽입니다."

코르시는 차를 마신 다음 짧게 한숨을 내쉬었다.

"저는 중급 스캐닝을 가지고 있기 때문에 특수 능력의 스텟까지 보입니다. 지금 주한 님의 오러 스텟은 255였습니다. 하지만 그건 소모되었기 때문에 그렇고, 실제로 최대치는 299에서 멈춰 있을 거라고 생각합니다."

사실이었다. 나는 마른침을 삼키며 코르시의 이야기를 경청했다.

"그것을 벽이라 합니다. 오러가 50의 배수 단위로 찾아오죠. 보통은 그렇게 크게 문제가 되지 않습니다. 일시적으로 성장하지 못할 뿐, 시간이 지나면 해결되니까요. 하지만 경우에 따라선 문제가 되기도 합니다."

"어떤 경우에 말입니까?"

"균형이 깨졌을 경우입니다. 아시다시피 오러는 매우 다양한 방법으로 수련이 가능합니다. 육체를 단련해도 쌓이고, 실전을 겪어도 쌓이고, 특별한 고행을 해도 쌓이고, 명상을 해도 쌓입니다. 물론 어떤 수련이 가장 효과적인지는 개인의 특성에 따라 다르지만요. 중요한 건 당신이 그중 한 가지 방법에만 의존해서 수련을 해왔다는 겁니다. 그것도 매우 빠른 속도로 성장했겠죠. 그렇지 않습니까?"

족집게였다.

순간 이자가 나처럼 '시공간의 축복'을 가지고 미래를 보고 왔을지 의심했을 정도였다.

나는 차분한 표정으로 고개를 끄덕였다.

"말씀하신 대로입니다. 매우 정확히 알고 계시군요."

"그게 저희 클랜의 장점이니까요. 덕분에 다른 클랜에서 수련하던 분들이 벽에 부딪혀서 저희 클랜으로 찾아오는 일도 더러 있습니다."

코르시는 자신의 책상 위에 놓인 명패를 가리키며 말했다.

"중요한 건 밸런스입니다. 여러 가지 다양한 방법으로 균형 있게 오러를 성장시켜야 합니다. 그래야 부작용도 없고, 벽에 부딪히는 일도 없이 꾸준히 오러를 키워 나갈 수 있습니다."

"그렇다면 지금까지 제가 한 방법과 다른 방식으로 수련을 해야 오러가 다시 성장한다는 말씀입니까?"

"간단히 말씀드리면 그렇습니다."

코르시는 고개를 끄덕였다.

하지만 나는 쉽게 동의할 수 없었다.

물론 내가 오러를 쌓은 것은 전부 호흡과 명상의 덕이었다. 하지만 그렇다고 육체적인 단련이나 고행을 하지 않은 건 아니다.

당장 지난 한 달 동안 내가 잡은 샌드 웜만 해도 여섯 마리며, 매일같이 거대한 바위 굴을 새로 만들어야 했다.

"핵심은 일정 기간 동안 높일 수 있는 오러의 총량에 한계가 있다는 겁니다."

코르시는 마치 마음을 읽기라도 한 듯 부연 설명을 했다.

"이미 한 가지 수련법으로… 예를 들어 검술 단련이라고 하죠. 그것을 통해 단기간에 올릴 수 있는 오러양을 모두 올려버렸다면, 남은 시간에 아무리 다른 방식의 훈련을 해도 오러는 쌓이지 않습니다."

"아……."

"그래서 제가 '매우 빠른 속도'라고 말했던 겁니다. 아마도 주한 님은 한 가지 수련법으로 너무 빠르게 오러를 높인 탓에, 다른 방식으로 오러가 쌓일 시간이 없던 거겠죠."

실제로 나는 엄청난 속도로 오러를 쌓았다.

때문에 다른 그 어떤 방식으로도 추가적인 오러가 쌓이지 못한 걸까?

"원하시면 저희 클랜에 입문하셔서 가르침을 받으셔도 됩니다. 물론 2단계 오러 유저 주제에 3단계 오러 유저를 가르친다는 것 자체가 우스운 일입니다만……."

"그렇지 않습니다."

나는 즉시 고개를 저었다.

"배움엔 나이도 없고 계급도 없습니다. 하지만 말씀하신 대로라면… 육체노동이라든가, 혹독한 일을 하는 사람들은 모두 오러가 쌓여야 하지 않습니까? 밸런스가 맞지 않더라도 말이죠. 하지만 제 동료들은 아무도 오러가 쌓이지 않았습니다. 그들도 매우 혹독한 시간을 보냈는데 말입니다."

"음… 정말로 전혀 모르시는 모양이군요."

코르시는 헛기침을 하며 말을 이었다.

"오러는 마나를 느끼는 자에게만 축적됩니다. 주한 님은 독학이라 하셨으니 분명 마나에 매우 민감한 체질을 가지고 계셨던 겁니다. 혹은 마나를 '이미징'하는 재능을 타고 나셨던가요."

"이미징이란, 실제로 존재하지 않지만 마치 존재하듯 상상하는 능력을 말합니까?"

"그렇습니다. 정확히는 존재하지만 보거나 느낄 수 없는 것을 마치 실제로 보거나 느끼는 것처럼 상상하는 능력이죠. 마나는 실존하니까요."

그렇다면 나는 그쪽 분야의 전문가나 다름없다. 전생에 마나와 오러를 연구하는 연구 팀과 협업하며 몇 년 동안이나 무수한 시행착오를 함께했으니까.

"하지만 그런 능력이 없는 사람은 아무리 고행을 해도 오러가 쌓이지 않습니다. 물론 그 '감'을 만들어 드리는 것도 저희 클랜의 역할입니다. 일단 입문하시면 가장 먼저 오러에 대해 심도 깊은 학습에 들어갑니다. 물론 그걸로 안 되면 '직접적'인 방법으로 처음 벽을 깨버리기도 합니다."

"직접적인 방법이라면?"

"오러를 직접 경험시키는 거죠."

코르시는 오른손에만 주황색 오러를 만들어 보이며 말했다.

"어쨌든 주한 님의 경우엔 제가 벽을 넘을 수 있도록 도움을 드릴 수 있습니다. 보통 클랜 가입비가 150씰에 월비가 40씰입니다만… 주한 님의 경우엔 클랜 가입비 없이 월비만 내셔도 상관없습니다."

"하하… 역시 돈은 받으시는 거군요."

"물론입니다. 내가 잘하는 걸 공짜로 해주는 건 사회 전체에 있어 해악입니다."

코르시는 주저 없이 단호하게 말했다.

마무사가 말했던 것처럼, 과연 안티카 왕국 사람들은 돈과 노동에 있어 민감했다. 나는 고개를 끄덕이며 그동안 궁금했던 다른 것들도 질문했다.

"오러와 마력은 스텟으로 25의 배수마다 기본 능력치가 성장하는 거죠?"

"평균적으로 그렇습니다만, 사람에 따라 차이가 있습니다. 23마다 성장하는 사람도 있고, 27마다 성장하는 사람도 있습니다."

"개인차가 있는 거군요. 그렇다면 47이 되어도 오르지 않는 것도 이상한 일은 아니겠군요."

바로 커티스의 신성 스텟과 빅맨의 저주 스텟이 47이다.

하지만 그들의 레벨은 여전히 1이었기 때문에, 나는 항상 그것에 대한 의구심을 품고 있었다.

하지만 코르시는 고개를 저었다.

"47은 무조건 오릅니다. 저희 클랜의 600년 역사를 통틀어 변동치가 2를 넘어가는 인간에 대한 기록은 단 하나도 없습니다. 최저가 23이고, 최고가 27입니다."

"하지만 제 동료는 신성 스텟이 47인데……."

"아, 신성은 다릅니다."

코르시는 '그러면 그렇지' 하는 표정을 지었다.

"신성과 저주는 스텟으로 50을 채울 때마다 기본 능력치가 성장합니다. 심지어 이쪽은 변동치 자체가 존재하지 않습니다. 무조건 50이죠."

"필요한 스텟치가 오러에 비해 두 배나 높다는 말씀입니까?"

"네. 하지만 크게 상관은 없습니다. 그쪽은 일반적인 수련으로 높일 수 있는 게 아니니까요. 신성은 재능을 가진 자가 신전에 가서 특별한 수행을 쌓아야 합니다. 그리고 저주는… 음, 악덕을 쌓으면 올라가고요."

"사람을 죽인다던가?"

"그렇습니다."

코르시는 쓴웃음을 지었다. 나 역시 속으로 쓴웃음을 지으며 생각했다.

'그렇다면 빅맨은 앞으로 몇 사람만 더 죽였으면 레벨이 올랐겠군. 그 전에 탈출을 하는 바람에 저주 스텟을 쌓을 기회가 없었을 뿐인가?'

"하지만 그 둘은 보통 부가적인 능력이니까요. 특히 저주는 위험한 힘이라 함부로 높이면 안 됩니다. 어쩔 수 없이 스텟을 쌓았다 해도, 가능한 신전에 가서 '정화'를 하는 게 좋다고 생각합니다."

코르시가 신중한 말투로 말했다. 나는 저주 스텟을 따로 스캐닝했던 기억을 떠올리며 고개를 끄덕였다.

저주 — 저주 마법을 쓰기 위해 필요한 에너지. 업보를 쌓으면 높아진다. 일정 스텟 이상으로 높아지면 정신이 오염된다. 신관들에 의해 무효화시킬 수 있다.

"신관들이 저주 스텟을 제거하는 과정을 '정화'라고 하는 모양이군요."

"그렇습니다. 저도 딱 한 번 받은 적이 있는데… 정말 심신이 정화되는 기분이었습니다. 하하하……."

코르시는 쑥스러운 듯 웃었다.

하지만 내게 있어 이것은 가볍게 넘길 수 없는 이야기였다.

"저주 스텟이 높아지면 무조건 문제가 생기는 겁니까?"

"보통 그렇다고 합니다. 하지만 이것도 개인차가 심합니다. 물론 제가 이쪽으로 전문가는 아닙니다만… 저주를 통해 각성한 사람들 중에 거의 절반 이상이 정신적인 문제가 발생했다고 하니까요."

"절반 이상이라……."

"그리고 2차 각성, 즉 150 이상의 스텟을 쌓았을 때는 80%에 가까운 사람들이 실성하거나 인격이 변했다고 합니다. 사람을 아무렇지도 않게 죽이는… 지구식으로 표현하면 '사이코패스' 가 되었다고 할까요?"

지구 이야기를 많이 꺼내는 걸 보니 이 사람도 차원경을 많이 본 모양이었다.

나는 문득 의구심을 느끼며 물었다.

"그런데 사범님, 저에 대해 어떻게 생각하십니까?"

"네? 무슨 말씀이십니까?"

아무래도 뜬금없는 질문이었을까? 나는 자세를 고쳐 앉으며 노골적으로 말했다.

"지금까지 질문에 친절히 대답해 주신 것은 감사드립니다. 하지만 이상하지 않습니까? 갑자기 나타나서 이런저런 것들을 질문하는 인간이라니? 혹시 이쪽을 잘 모르는 다른 쪽의 첩자라던가 하는 의심이 들지 않습니까?"

"첩자요?"

코르시는 눈을 크게 뜨며 되물었다.

"혹시 신성제국의 첩자를 말씀하시는 겁니까? 어제 직접 해치우신 그놈들이 바로 신성제국의 첩자 아닙니까?"

"물론 그렇습니다. 하지만 이 모든 게 일부러 계획된 일일지도 모르잖습니까? 상대의 믿음을 얻고 침투시키기 위해 일부러 아군을 죽였다든가 말입니다."

"…그것참 무시무시한 말씀이군요."

코르시는 놀란 눈으로 날 바라보았다.

물론 쓸데없는 의문일지도 모르다.

하지만 괜히 긁어 부스럼을 만드는 일이라 해도, 나는 어제부터 느낀 이 위화감을 좀 더 확실하게 해결하고 싶었다.

'치안관인 루덴도, 지금 마주 보고 있는 코르시도 태도가 너무 태연자약해. 둘 다 스캐닝을 가지고 내 스텟을 확인했는데 말이다. 만약 내가 적이라면 자신들의 목숨이 쥐도 새도 모르게 날아갈 수 있는데도 어떻게 이렇게 안심할 수 있지? 대체 뭘 보고 날 믿을 수 있는 거지?'

그것이 가장 큰 의문이었다. 코르시는 한동안 내 얼굴을 보며 눈을 깜빡이다, 이내 빙긋 웃으며 고개를 저었다.

"글쎄요. 일단 저는 아닌 것 같습니다. 당신이 신성제국의 첩자라니… 그런 일은 있을 수가 없어요."

"어째서 그렇게 생각하십니까?"

"그야 뭐, 대화를 나눠봤으니 알죠."

"그냥 이야기를 좀 나눠보면 알 수 있는 겁니까? 독심술이라도 있으십니까?"

"하하… 주한 님은 신성제국의 사람들을 별로 만나보지 않아서 잘 모르시겠군요. 하지만 저는 젊었을 때 실제로 자주 만난 적이 있습니다. 그자들은 뭐랄까… 같은 인간이라는 느낌이 잘 안 듭니다."

"네?"

"아, 제가 말을 좀 심하게 했군요."

코르시는 긴 머리를 가볍게 뒤로 넘기며 말했다.

"신성제국의 문화는 자유 진영과 전혀 다릅니다. 아무리 언어의 각인으로 말이 통한다 해도, 실제로 대화를 해보면 전혀 다른 세계의 인간이라는 느낌이 듭니다."

"아……."

"세상을 보는 눈이라든가, 자기 자신의 주관 같은 게 너무 다릅니다. 일단 대화 자체가 잘 안 통해요. 걸핏하면 성전이니, 신의 축복이니, 신의 저주니 하면서 그쪽으로 말을 몰아가죠. 말이 안 통하면 일단 이단자로 몰아붙이고, 노골적으로 상대를 비판하고 공격합니다. 사고방식 자체가 일방적이고 폐쇄적입니다."

"확실히… 그런 분위기가 있죠."

나는 수용소의 간수들을 떠올리며 고개를 끄덕였다. 코르시는 반가운 표정으로 말을 이었다.

"아, 만나보신 적이 있습니까? 그렇다면 이야기가 편하겠네요. 심지어 지금까지 제가 말한 건 레비교의 '신관'을 말하는 게 아닙니다. 그냥 평범한 신성제국의 국민들까지도 이런 식입니다. 그래서 뭐랄까… 그냥 1분만 대화를 해도 알 수 있습니다."

"제가 신성제국 사람이 아니란 걸요?"

"그렇습니다. 물론 좀 특이하단 느낌은 듭니다만… 적어도 주한 님은 저희들과 같은 문화를 누리며 성장한 사람이라는 건 확실합니다. 아, 그러고 보니 지금 시간이면 공연을 하겠군요. 괜찮으면 차원경을 틀어도 되겠습니까?"

"네? 아, 네."

나는 엉겁결에 대답했다. 그러자 코르시는 테이블의 한쪽에 놓인 A4 용지만 한 액자를 손가락으로 건드렸다.

그러자 액자가 소리를 내며 켜졌다.

우우웅!

'이게 차원경이었어?'

나는 내심 놀라며 그것을 바라보았다.

차원경이 보여주는 것은 미국이나 캐나다로 추정되는 어느 도시의 상설 공연장이었다.

공연장에는 기타와 베이스를 든 청년들이 음악을 연주하고 있었다. 코르시는 행복한 표정으로 차원경을 보며 고개를 끄덕였다.

"음악이 좋군요. 저번 달에 큰맘 먹고 구입한 차원경입니다. 사이즈는 좀 작지만 보여주는 곳이 절묘해서 꽤나 비싸게 주었습니다. 아, 저녁에는 연극 공연도 한답니다. 어떻습니까? 신형이라 그런지 화질과 음색이 훌륭하지 않나요?"

나는 말없이 고개를 끄덕였다.

전생의 마지막 10여 년 동안은, 지구인이었던 나조차 이런 영상을 전혀 보지 못했다.

덕분에 나는 코르시의 이야기를 이해할 수 있었다.

자유 진영은 지난 300여 년 간, 지구의 온갖 구석구석을 차원경으로 지켜보며 같은 문화를 누렸다.

덕분에 그들은 정신적으로 현대의 지구인과 매우 흡사한 가치관을 가지게 된 것이다.

반대로 그것을 금지한 신성제국은 전혀 다른 문화권의 존재가 되어버렸다.

마치 현대인이 300년 전 사람과 대화를 하면 금방 이상함을 눈치챌 수 있듯, 자유 진영의 사람들은 신성제국의 사람과 1분만 대화를 해도 그들의 정체를 눈치챌 수 있는 것이다.

그런 그들에게 있어 나는 그다지 다른 세상의 인간이 아니었다.

'아, 그렇구나.'

나는 그제야 놀라움을 느끼며 감탄했다.

극단적으로 말하면, 자유 진영은 또 다른 형태의 지구였다.

지구의 문화를 흡수한 다른 차원의 인간들이, 그들과 비슷한 정신세계를 구축하며 지금에 이른 것이다.

이후로 나는 코르시와 함께 한 시간 동안 꼼짝도 하지 않고 차원경의 영상을 감상했다.

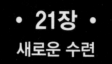

• 21장 •
새로운 수련

"…멋지군."

루도카는 손바닥만 한 차원경을 보며 중얼거렸다.

차원경은 뉴욕의 도시 한복판을 공중에서 비스듬하게 비추고 있었다.

보이는 건 높은 빌딩과 도로를 따라 바쁘게 움직이는 자동차뿐.

하지만 루도카는 한참 동안 푹 빠진 채 그것을 바라보았다.

자신의 방에 손님이 들어오는 와중에도, 그는 차원경으로부터 한시도 눈을 떼지 못했다.

"하, 신성제국의 황자가 자신의 저택에서 몰래 차원경을 보고 있다니……."

방에 들어온 건장한 노인이 코웃음을 치며 고개를 저었다.

"이 사실이 퍼지면 제국민들이 폭동을 일으킬 거다. 그리고 대신전은 지금보다 더욱 황가를 압박하겠지. 생각이 있는 거냐, 루도카?"

"어서 오십시오, 삼촌."

루도카는 그제야 차원경을 끄며 빙긋 웃었다.

"저는 지구의 적들을 더 자세히 파악하기 위해 일부러 고행을 하고 있는 겁니다. 레비의 뜻을 이루기 위해 레비의 뜻을 거역하는 고통스러운 작업이라 할 수 있죠."

"입에 침이나 닦으면서 말해라. 보아하니 못 보던 차원경 같은데, 대체 신전의 눈을 피해서 어떻게 차원경을 구하는 거냐?"

"저는 언페이트니까요. 대신전에 구속받지 않는 제국 유일의 조직 아닙니까?"

루도카는 어깨를 으쓱이며 자리에서 일어났다. 노인은 가볍게 헛기침을 하며 말했다.

"오늘 아침에 대신전 쪽에 소란이 있었다. 그들이 '최하급 노예 수용소 탈출 사건'에 목을 걸고 있다는 건 알고 있겠지?"

"물론입니다."

"발견이 늦어 '바위 사막'을 수색하진 못했다. 물론 십중팔구 도망친 죄수들은 사막에서 죽었겠지. 하지만 대신전은 뱅가드에 있는 지하 조직에도 명령을 내려놓았다고 한다."

"지하 조직이라면 '빛을 쫓는 자' 말인가요?"

"그래. 그런데 정말로 수용소를 탈출한 죄수들이 뱅가드에 도착했다는 보고가 들어온 모양이다."

노인은 신중한 표정으로 루도카의 표정을 살폈다. 루도카는 미소를 지으며 고개를 끄덕였다.

"그렇군요. 샌드 웜 킹이 있는 바위 사막을 횡단하다니… 자세히는 모르지만 재주가 대단한 지구인들인 모양입니다?"

"루도카, 날 보고 말해라."

노인은 눈살을 찌푸리며 물었다.

"정말 모르는 거냐? 죄수들이 탈출하던 그날 밤에 네가 성도를 떠나 서쪽으로 향했다는 걸 목격한 자들이 있다. 황태후께서도 네게 어떤 명령을 내렸다고 하시더군. 물론 자세한 내용은 말씀해 주지 않았지만 말이다."

"에이, 할멈 나이가 150살이 넘었는데 그런 걸 자세히 기억하시겠습니까?"

"말조심해라!"

노인이 눈을 부릅뜨며 소리쳤다.

"황제 폐하의 어머님이시며, 나 바이바스 블랑크 크루이거의 어머님이시고, 황자인 너의 조모님이신 황태후께 그 무슨 망언이냐!"

"할멈이 뭐가 어때서 말입니까? 친근하고 좋은데."

루도카는 기죽지 않고 코웃음을 쳤다.

"그건 그렇고, 지금 못난 조카 야단치러 오신 겁니까, 삼촌? 아니, 제국 3군 사령관이신 블랑크 대공 각하?"

"네 녀석의 행실이 이따위니 성도 류브에 나쁜 소문이 돌고 있는 게 아니냐, 이 말이다!"

블랑크는 역정을 내며 이를 갈았다. 루도카는 양어깨를 으쓱이며 말했다.

"소문 따위는 이제 신경 안 씁니다."

"뭐라고?"

"저는 계시를 받았으니까요. 황가를 비방하고 힘을 약화시키려는 대신전의 자잘한 압력에 굴복할 생각은 없습니다."

"계시? 무슨 계시 말이냐? 루도카, 너 혹시 설마……."

"빛의 신의 계시는 아닙니다."

루도카는 고개를 저으며 말했다.

"저는 신관이 아니니까요. 물론 신전에서 2년 정도 수련하긴 했지만, 어쨌든 대공 각하께 한 가지 묻고 싶은 게 있습니다."

"음?"

"이 레비그라스 전체에 정령사가 몇 명이나 있을 거라고 생각하십니까?"

"뭐라고?"

블랑크는 한참 동안 눈을 껌뻑이며 루도카를 노려보았다.

"그게 무슨 뜬금없는 이야기냐? 정령사? 그야 한 손에 꼽을 정도겠지. 그나마 이름이 알려진 자들도 대부분 숲이나 섬에 들어가 속세와 인연을 끊지 않았느냐? 아니면 엘프들과 함께 지낸다든가…….”

“그런데 저는 정령사를 만났습니다.”

“뭐?”

“덕분에 저는 제 운명을 알았습니다. 수많은 신관이 신의 이름을 빌어 거짓을 말하지만, 정령은 결코 거짓을 말하지 않습니다.”

“루도카! 자꾸 네가 그런 식으로 말을 하니 대신전에서…….”

“삼촌.”

루도카는 생기 넘치는 눈으로 블랑크를 바라보았다.

“저는 이제 제 운명을 믿습니다. 그래서 수련도 다시 시작할 생각합니다.”

“뭐? 수련을? 하지만 마력이 한계에 가깝게 올라 더 포기하지 않았느냐?”

“네. 마력 스탯 345가 제 한계라고 생각했습니다. 하지만 그럴 리가 없습니다.”

루도카는 양손을 모으며 천천히 마력을 끌어 올렸다.

“저는 분명 더 강해질 수 있습니다. 제 운명을 이루기 위해서라면 말이죠. 아, 어쩌면 정말로 마력은 한계에 닿았는지도 모릅니다만, 그렇다면 오러를 더 수련하겠습니다. 만약 오러도 힘들다면 다시 한 번 신전에 들어가 신성 마법에 대한 수련을 더 할 생각입니다.”

"…놀랍구나, 루도카."

블랑크는 감격한 얼굴로 고개를 저었다.

"갑자기 이렇게 활기가 넘치다니, 내가 못 본 사이에 대체 무슨 일이 있던 것이냐? 언페이트로 임명됐을 때조차도 귀찮다며 싫어하던 녀석이?"

"그때는 제 한계를 느끼고 포기했던 시절입니다. 하지만 지금은 다릅니다. 저는 더 강해질 수 있습니다. 더 강해져서 제 운명을 반드시 이뤄내고 말 것입니다."

"과연… 너는 역시 형님을 닮았구나."

블랑크는 흡족한 얼굴로 고개를 끄덕였다.

"그래. 네 달라진 모습을 보니 내 마음도 한결 놓인다. 원래는 대신전의 닦달에 못 이겨 그날 있던 일을 캐물으러 왔다만… 알겠다. 대신전 쪽은 내가 알아서 막아주마. 그러니 너는 네가 원하는 일에 몰입하도록 해라."

"감사합니다, 삼촌."

루도카는 몸을 숙이며 예를 표했다. 블랑크는 기특하다는 얼굴로 루도카의 어깨를 두드렸다.

"사실 나는 네게 기대가 무척 컸다, 루도카. 황태자는 나이가 벌써 50인데도 유약하여 성취가 부족하니… 흠, 그래. 부디 너는 더 강하고 더 담대해지거라. 그래서 이 제국의 흔들리지 않는 초석으로 황가를 지탱해 주길 바란다."

"예, 삼촌. 저는 제 운명에 거스르지 않겠습니다."

"오늘 여길 와서 다행이었다. 내 마음이 한결 놓이는구나."

블랑크는 만족한 얼굴로 루도카의 방을 나갔다.

한동안 그 자리에 서 있던 루도카는 다시 자리로 돌아가 잠겨 있던 책상 서랍을 열었다.

그 안에는 작은 포켓이 들어 있었다. 포켓 속에는 아름다운 여성의 작은 초상화가 들어 있었다.

"셀리아… 난 반드시 당신과 맺어진다."

루도카는 포켓을 가슴에 품으며 중얼거렸다.

그는 더 이상 자신의 운명을 의심하지 않았다.

신성제국의 3군 사령관이자, 황제의 동생인 블랑크 대공은 그 운명을 '제국의 부흥'이라고 생각하며 기뻐했다.

하지만 루도카는 더 이상 제국을 자신의 운명이라 생각하지 않았다.

그저 자신의 목표를 달성하기 위한 디딤돌이라는 생각밖에 들지 않았다.

"아니면 운명을 가로막는 장애물일지도……."

루도카는 나지막하게 중얼거리며 포켓에 입을 맞췄다.

*　　　　*　　　　*

다음 날 정오가 되자 치안관 루덴이 직접 돈주머니를 들고 관사로 찾아왔다.

"이건 현상금입니다. 8,550씰이니 여기 서류에 사인을 해주시기 바랍니다."

루덴은 돈주머니를 내려놓으며 서류를 내밀었다. 나는 전생에 쓰던 사인을 체크하며 물었다.

"현상금은 9,500씰 아니었습니까? 19명이니까?"

"주한 님의 말대로 총 19구의 시체가 발견됐습니다. 모두 빛을 쫓는 자의 정예 요원임이 확인됐습니다."

"시체로도 오러나 마력을 확인할 수 있습니까?"

"시체엔 스캐닝이 불가능하죠. 하지만 문신과 소지품으로 확인할 수 있었습니다. 아, 9,500씰이 8,550씰이 된 것은 기본 소득세 10%를 제외했기 때문입니다. 자, 여기, 현상금 수령증과 납세서입니다."

루덴은 두 장의 종이를 건네준 다음, 품속에서 조심스럽게 나이프 한 자루를 꺼내 들었다.

"그리고 이건 현장 근처에서 습득한 헌터 나이프입니다. 스톨른 상회에 가서 일련번호를 확인하니 최근에 판매된 물건이라고 하더군요. 등록된 헌터는 아니지만 대량의 샌드 웜의 이빨을 판매하신 손님이었다고 하는데… 혹시 주한 님의 무기가 아닙니까?"

"네, 분명히 그럴 겁니다."

나는 마지막 마법사를 향해 나이프를 투척했던 기억을 떠올렸다. 루덴은 밝게 웃으며 나이프도 건네주었다.

"역시 그렇군요. 그럼 주인께 다시 돌려 드리겠습니다."

"감사합니다. 그런데 오신 김에 하나 질문이 있습니다."

나는 양손을 펼치며 물었다.

"여기 관사를 내어주신 건 정말 감사합니다. 하지만 관사의 경비가 부족한 것 같은데… 그 '빛을 쫓는 자'가 이곳을 습격하면 위험하지 않겠습니까?"

관사의 입구를 지키는 건 레벨이 2밖에 되지 않은 경비병 한 명뿐이었다. 루덴은 헛기침과 함께 고개를 끄덕이며 말했다.

"물론 그렇습니다. 그래도 밤이 되면 경비를 몇 배로 늘릴 테니 너무 걱정하실 필요 없습니다."

"밤에만 경비를 강화하는 건가요?"

"빛을 쫓는 자는 밤에만 활동하니까요. 그들이 일으킨 지난 백 년간의 사건을 통틀어봐도 언제나 밤에만 움직였습니다. 치안관들에겐 이미 상식이죠."

"오직 밤에만 활동한다니… 어째서입니까?"

"아무래도 레비교의 교리와 관련 있는 모양입니다. 생포한 조직원을 취조했더니 그런 이야기가 나왔습니다. 빛의 신께 부끄러운 일을 하는 신관은 절대로 그 일을 낮에 하면 안 된다고 하더군요."

"하, 적어도 자신들이 하는 일이 부끄러운 일인지는 아는 모양이군요."

"그러게 말입니다. 아, 그럼 저는 근무가 있어서 이만 돌아가겠습니다. 수고하십시오!"

루덴은 빠릿하게 경례를 붙이고는 다시 치안 관리서로 돌아갔다.

어쩐지 같은 치안관의 상급자를 대하는 듯한 태도였다. 나는 잠시 고민하다 중단되었던 동료들과의 회의를 다시 재개했다.

*　　　*　　　*

회의의 내용은 동료들의 수련이었다.

논점은 내가 터득한 방식을 가르칠지, 아니면 밸런스 소드 클랜이 입문하여 전문가에게 배울지였다.

물론 전원이 내게서 배우고 싶어 했다.

하지만 어제 간단한 테스트를 진행해 본 결과, 나는 내가 사용한 '이미징' 방식의 명상 수련이 이들에게 잘 통하지 않는 다는 것을 파악했다.

무엇보다 이들은 '마나'의 존재를 의식하지 못했다.

물론 나도 의식하지 못했지만, 나는 상상력을 통해 그 문제를 해결했다.

하지만 이들은 그것조차 제대로 해내지 못했다.

빅터와 커티스는 상상 자체는 가능한 듯했다. 하지만 실제로 그런 상상력을 장시간 유지하며 명상을 유지하지 못했다.

반대로 스네이크아이와 도미닉은 애초에 상상 자체를 어려

위했다.

나는 그제야 내 수련법 자체가 매우 높은 '정신력'을 바탕으로 한다는 걸 파악했다.

인류 연합은 연구를 통해 이 방식이 유일하며 당연한 방식이라는 결론을 내렸다. 하지만 실제로는 나 같은 매우 소수의 인간에게만 유효한 방식이었던 것이다.

'그러고 보면 연구에 동참한 테스터들 대부분이 높은 정신력을 가진 인간이었지……'

덕분에 나는 가지고 있던 고정관념 하나를 버렸다.

이미징을 통한 명상만이 전부가 아니다.

모든 인간은 자신에게 맞는 수련법이 따로 있던 것이다.

그렇다면 시작은 역시 전문가에게 맡기는 편이 바람직했다. 나는 빅터와 커티스와 스네이크아이와 도미닉을 밸런스 소드 클랜에 입문시키기로 결정했다.

그중에 빅맨이 명단에서 빠진 것은, 그에겐 오러보다 먼저 해결해야 할 문제가 있기 때문이었다.

우린 그 문제를 해결하기 위해, 29번가에 있다는 '네크로맨서 클랜'이란 곳을 향해 움직였다.

*　　　　*　　　　*

네크로맨서 클랜은 29번가의 슬럼이라 할 수 있는 낙후된 거주 구역 깊숙한 곳에 위치하고 있었다.

나는 폐허에 가까운 건물을 보며 마무사에게 물었다.

"정말 여기입니까?"

"나도 확실히는 몰라. 소문만 들었는데… 별로 오고 싶은 곳이 아니라서."

마무사는 대단히 꺼림칙한 표정이었다.

어차피 밑져야 본전이었기 때문에, 나는 다 부서져 가는 문의 문고리를 가볍게 두드렸다.

텅, 텅, 텅……

그러자 잠시 후, 넝마를 걸친 노인이 문을 열며 우리를 맞아주었다.

"헤헤, 어서 오게, 형제여. 오! 여기 이쪽 젊은이가 우리 클랜에 볼일이 있는 모양이군?"

노인은 빅터를 보며 왼쪽 눈을 찌푸렸다. 나 역시 반사적으로 노인의 능력치를 스캐닝했다.

이름: 우다나스 바라스

레벨: 5

종족: 레비그라스인

기본 능력

근력: 37(71)

체력: 56(78)

내구력: 66(72)

정신력: 34(38)

항마력: 77(97)

특수 능력

오러: 0(0)

마력: 67(71)

신성: 0(0)

저주: 102(124)

각인: 스캐닝(중급), 언어(하급), 맵온(하급)

마법: 냉기(2종류), 바람(1종류)

저주 마법: 현기증(중급), 사령술(하급), 본 컨트롤(하급)

부랑자 같은 외모와는 달리, 중급 스캐닝까지 받은 걸 보면 돈이 꽤 많은 모양이다.

"우단이라고 부르라고. 헤헤, 뭐 하고 있나? 어서 들어오라고. 이 늙은이가 차 한잔 대접하지."

노인은 손님이 반가운 듯 우리들을 집 안으로 안내했다. 그러자 마무사가 식은땀을 흘리며 억지로 웃음을 지었다.

"나, 나는 그냥 여기서 기다릴게. 다들 일 보고 나오라고."

마무사는 건물에 들어가는 것 자체가 혐오스러운 듯했다.

나는 빅맨과 둘이서 네크로맨서 클랜에 발을 들였다.

"헤헤, 요즘 젊은이들은 다들 근성이 없어. 조금만 저주가 쌓여도 다들 신전으로 쪼르르 달려간다니까? 덕분에 나 같은 늙은이들의 소일거리가 점점 더 줄어들고 있지."

우단은 응접실로 추정되는 허름한 공간에 우릴 앉히며 말했다.

"하지만 손님들은 여기까지 온 걸 보니 근성이 있군. 아주 좋아. 그래, 어떤 걸 부탁하러 왔나? 설마 이 젊은 나이에 우리 클랜에 가입하려는 건 아닐 테고?"

"저는 주한이고, 이쪽은 빅맨입니다. 저희들은 저주에 대해 자세히 알기 위해 찾아왔습니다."

나는 고개를 숙이며 단도직입적으로 말했다.

"몇몇 사람에게 저주에 대한 이야기를 들었습니다. 하지만 아무래도 진짜 전문가에게 직접 설명을 들어야 할 것 같아 찾아왔습니다. 정말 저주 스텟은 높아지면 높아질수록 정신적인 문제가 발생하는 겁니까? 그걸 해결할 방법은 없습니까?"

"워워, 이 젊은이 보게? 너무 성급하게 앞서가지 말라고."

우단은 양손을 저으며 말했다.

"어디서 또 멍청한 신관 놈이 지껄이는 소리만 듣고 왔구만. 그렇지 않아. 물론 저주가 확실히 불길한 마법이긴 하지, 헤헤. 하지만 실상을 알면 그렇지 않다는 걸 알 수 있을 거야."

이미 말하는 문장 자체가 모순이었다.

나는 마음을 가라앉히며 노인에게 질문했다.

"그럼 저희들에게 가르침을 주시기 바랍니다. 저주와 정신 이상에 대한 개요를 말입니다."

"개요? 젊은이가 어려운 말을 쓰는군. 헤헤, 뭐 좋아. 그게 바로 내가 뱅가드로 파견된 주요 임무니 말이지, 크흠."

우단은 헛기침을 하며 목을 가다듬었다.

"간단하게 말하자면, 저주는 말 그대로 저주 마법을 쓰기 위한 에너지일 뿐이네. 그저 다른 특수 능력과 달리 스텟을 높이는 방법에 차이가 있을 뿐이야."

"살인 말이군요."

"아, 꼭 그렇지는 않아. 살인 말고도 저주 스텟을 높일 수 있는 다양한 방법이 있네. 간단히 말하면 '악행'을 저지르면 되지."

"악행이라면… 사기 같은 것도 포함됩니까?"

나는 수용소를 탈출한 직후에 루도카에게 쳤던 사기를 떠올렸다.

우단은 킬킬대며 고개를 저었다.

"사기? 큭큭큭… 그런 귀여운 장난 정도로는 안 올라. 그래, 악행이 아니라 '금단'이라고 말하는 게 알기 쉽겠군. 예를 들어 시체를 모욕하는 행동을 해도 저주가 오른다네."

"시체를 모욕하다니… 혹시 장기를 빼내거나, 실험을 한다든가?"

"바로 그렇지."

그렇다면 지구에서 해부학을 가르치는 의사와 인턴들은 모두 저주 스탯이 엄청나게 올랐을 것이다. 나는 눈살을 찌푸리며 노인의 이야기를 경청했다.

"그것도 다 우리 세계에 진짜 신이 존재하기 때문이네. 젊은이도 알다시피 말이야. 아, 그렇다고 오해하지 말게. 우리들이 신을 적대한 존재는 아니니까. 헤헤, 오히려 신이 정한 금기에 도전하며 가장 비밀스러운 힘을 추구하는 동업자적인 관계라고 할 수 있겠지. 헤헤, 헤헤헤헤……."

"정신이 오염되는 문제는 어떻게 되는 겁니까?"

"물론 그런 일도 있지. 하지만 신관 놈들이 말하는 것처럼 그렇게 극단적인 건 아니라고. 아까 보니 이쪽 덩치의 저주 스탯이 47이던데… 아무래도 곧 각성할 것 같아서 걱정되어서 찾아온 거구만?"

나는 고개를 끄덕였다. 우단은 걱정 말라는 듯 세차게 고개를 저었다.

"그럴 필요 없어! 일단 무조건 각성하고 보라고. 오러로 각성하는 것만큼 기본 스탯이 많이 오르진 않네만, 그래도 꽤나 강해진다네. 그것만으로도 매우 긍정적이지 않나?"

"하지만 정신이 오염되면 무슨 소용입니까?"

"그러니까 그 자체가 과장이야. 인간의 정신이란 원래 다들 조금씩 오염되어 있어. 그저 약간 더 통제에서 벗어날 뿐이지. 자, 날 보라고, 내 저주 스텟은 100을 넘겼어. 그런데 내가 미친 것 같나? 헤헤. 길거리에서 마구 사람을 죽이는 정신 나간 살인마처럼 보이나?"

"…솔직히 말씀드리면 약간 정신이 나간 것처럼 보입니다."

"케케케케! 이 친구 보게? 솔직한 게 아주 마음에 드는구먼!"

우단은 폭소와 함께 눈을 가늘게 뜨며 날 바라보았다.

"뭐, 그래. 내 정신이 좀 자유롭지. 하지만 끽해봐야 이 정도란 말씀이야. 물론 진짜 위험해지는 인간도 있긴 해. 하지만 그런 인간은 이미 전조가 있는 인간이야."

"전조? 어떤 전조 말입니까?"

"저주 스텟을 쌓기 전부터 애초에 그렇게 될 인간이었다는 거야. 그런 인간이 내재된 충동을 이기지 못하고 살인을 거듭하다 보니 진짜 살인에 취한 악마로 돌변하는 거라고."

"…어차피 그렇게 될 인간이 그렇게 된 것뿐이다?"

"맞아. 그러니 걱정 말라고."

노인은 킥킥 웃으며 고개를 끄덕였다.

"어차피 저주라는 것 자체가 어지간해선 높이 쌓는 게 쉽지 않아. 전쟁이라도 나지 않으면 모를까, 사람이 사람을 그렇게 많이 죽일 수 있나? 그리고 정작 전쟁이 나도 그래. 소드 익스퍼트 같은 인간들은 자신도 모르게 수백 명씩 죽이겠지? 헤헤. 하지만 일정 이상 죽이다 보면 살인 자체가 무덤덤해진다고. 그러면 스텟이 잘 오르지 않아."

"저주 스텟이 너무 올라가면… 살인으로도 안 오를 만큼 정체된다는 말입니까?"

"특히 전쟁터는 그래. 아, 진짜 잘 오르는 건 이런 평화로운 세상에서 살인하는 거지, 케케. 하지만 그러면 버텨내겠나? 요즘처럼 헌터들이 넘치는데, 괜히 현상 수배라도 찍히면 제 명에 못 죽지. 나처럼 시체라도 만지지 않는 이상 스텟을 쉽게 높이지 못할 거야. 확실히 말이지, 헤헤헤……."

확실한 건 이 노인의 정신 상태가 매우 의심스럽다는 사실이다.

마음 같아선 즉시 정신병원에 처넣고 싶었다. 하지만 이곳은 레비그라스고, 노인은 관련 분야의 전문가였다.

나는 한숨을 내쉬며 빅맨을 바라보았다.

"어떻습니까? 아무래도 저주 마법은 위험한 것 같습니다. 포기하는 것도 방법입니다. 다른 동료들과 함께 오러를 수련하는 것도……."

"난 할 수 있다."

빅맨은 즉시 고개를 저었다.

"이건 내게 주어진 능력이다. 난 미치지 않을 자신이 있다. 맡겨둬라."

빅맨은 묘하게 자신감을 보였다.

어쨌든 본인이 괜찮다니 억지로 막을 생각은 없었다. 나는 노인에게 필요한 것들을 빠르게 질문했다.

"아무래도 의욕이 넘치는 모양입니다. 그럼 저주 마법은 어떻게 배웁니까?"

"저주 마법이라. 헤헤, 일단 저주 스텟이 오르면 기본적으로 한두 개 정도는 자연스레 쓸 수 있게 돼. 그냥 자연스럽게 알게 되지. 주로 현기증 마법이 그건데… 뭐, 일반인에게나 통하지 오러 유저나 마법사에겐 거의 안 통한다고 봐야 하네."

"마법 저항력이 높으니까요?"

"그렇지. 나처럼 중급 정도 되면 그나마 통하긴 하지만, 헤헤헤… 에헴."

"그럼 다른 저주 마법은 어떻게 배웁니까?"

"클랜에 들어야지. 저주와 관련된 클랜은 딱 세 개뿐이야. 내가 속한 이 네크로맨서 클랜, 포이즌 클랜, 그리고 페인 클랜이 있네."

"셋 다 무시무시한 이름이군요."

"셋 다 클랜원을 쉽게 받지 않아. 신전에서 자꾸 첩자를 보내 허위로 가입시켰거든. 그리고 내부의 정보를 뽑아내서 세상에 떠벌리고 다니지. 우리들의 명예와 권위를 실추시키기 위해서 말이야. 이 더러운 놈들⋯⋯."

우단은 몇 개 안 남은 이를 갈며 분노를 보였다.

'이쪽 세상도 생각보다 치열한 관계인가 보군.'

아무래도 신전과 저주 관련 클랜은 존재 자체가 앙숙인 모양이었다.

하지만 아무래도 상관없었다. 나는 빅터와 함께 미리 상의했던 제안을 말했다.

"가능하면 여기 있는 빅맨에게 저주 마법을 전수해 주시지 않겠습니까?"

"헤헤, 젊은이 귓구멍이 막혔나? 방금 내가 한 말 못 들었어?"

"클랜에 가입은 안 해도 상관없습니다. 대신 돈을 충분히 드리겠습니다. 그러니 마법만 가르쳐 주시지 않겠습니까?"

"돈! 헤헤, 그거 좋지."

노인은 입술을 핥으며 눈을 번뜩였다.

"그렇다면 좋아. 나도 귀찮게 클랜의 윗선에 연락하지 않아도 되니까, 헤헤. 재능 있는 자를 가르치는 게 우리 클랜의 기본 법칙이지. 그렇다면… 1,000씰만 내."

"1,000씰 말입니까?"

"너무 세게 불렀나? 그래도 이 정도는 받아야지. 그럼 내가 한 달 동안 여기 덩치에게 특별 수업을 해주지. 그런데 미리 경고하겠는데, 재능이 없으면 제대로 배우지 못할 수도 있어. 그러면 돈을 날리는 셈이니 미리 말해주는 거야. 어때?"

"…그렇다면 조건을 바꾸도록 하죠."

나는 잠시 생각한 다음 말했다.

"선금으로 700씰을 드리겠습니다. 그리고 한 달 후에 빅맨이 새로운 마법을 습득하면 성공 보수로 800씰을 더 드리겠습니다. 어떻습니까?"

"오, 그러면 더해서 1,500씰인가?"

노인의 눈빛에 탐욕이 번뜩였다. 그러고는 재밌다는 얼굴로 날 보며 킬킬거리기 시작했다.

"크크크… 이 젊은이 보게. 교섭하는 게 아주 그냥 능숙하구만? 어떻게든 이 늙은이의 최선을 끌어내 보겠다, 이건가?"

"서로 이길 수 있는 방법이니까요. 그럼 어떻게 하시겠습니까?"

"좋아, 그렇게 하지, 헤헤. 요즘 심심했는데 재밌는 일거리가 생기겠군."

"…잘 부탁한다."

그러자 빅맨이 노인을 향해 고개를 숙였다.

'그러고 보니 빅맨은……'

나는 문득 그의 진짜 특별한 스킬을 떠올리며 노인에게 물었다.

"그리고 한 가지 더 문의드릴 게 있습니다."

"응? 뭐든 말해."

"좀 전에 '시체를 만진다'고 하셨죠?"

"그래. 벌써 40년째 시체를 받고 있지."

"저주 스텟을 높이기 위해서일 텐데… 그럼 시체는 어떻게 구하십니까? 네크로맨서 클랜은 일종의 '장의사' 같은 일을 하시는 건가요?"

"장의사? 헤헤, 맞아. 비슷해. 뒷골목에는 버려지는 시체가 꽤나 많으니까. 내가 대신 시체를 수습하고 화장해 주지. 저기 뒷마당에 화장터가 있거든. 물론 그 전에 내가 시체를 활용해 여러 가지 연구를 하지만 말이야, 헤헤헤……."

"그렇다면 연구가 끝난 시체를 화장하지 말고, 저희들에게 넘겨주십시오."

"뭐?"

노인은 동그랗게 뜬 눈을 껌뻑였다.

"왜? 시체로 뭐 하게?"

"그건 아실 필요 없습니다. 하지만 화장을 하는데도 돈이 들겠죠? 그걸 저희가 무료로 해결해 드리겠다는 말입니다. 어떻습니까?"

"헤헤… 이 젊은이 보게. 사실은 우리 네크로맨서들보다 더 무시무시한 인간 아니야?"

노인은 눈을 가늘게 뜨며 날 노려보았다.

나는 물러서지 않고 10초 정도 노인을 마주 보았다.

잠시 후, 노인이 한숨을 내쉬며 고개를 끄덕였다.

"이 젊은이 눈빛이… 예사롭지 않구먼, 헤헤. 그래, 좋아. 나야 돈도 아끼고 좋지. 화장할 때 들어가는 기름값도 꽤 나가니까."

"감사합니다."

"감사는 내가 해야지. 오랜만에 찾아온 돈주머니인데, 헤헤.

그럼 선금부터 주실까?"

나는 그 자리에서 700씰을 건네준 다음, 인사와 함께 재빨리 클랜을 빠져나왔다.

나는 한숨을 내쉬며 빅맨에게 물었다.

"어쩐지 숨쉬기 힘든 공간이었습니다. 당신은 괜찮았습니까?"

빅맨은 아무렇지도 않다는 듯 고개를 저으며 말했다.

"오히려 좋았다."

"네? 좋았다고요?"

"어딘지 안정되는 기분이었다. 내일부터 받을 수업이 기대된다."

빅맨은 만족스러운 얼굴로 성큼성큼 걸음을 내디뎠다.

역시 사람마다 그에 맞는 적성이 있는 모양이다. 나는 가볍게 휘파람 소리를 내며 빅맨의 뒤를 따랐다.

*　　　　*　　　　*

그리고 마지막은 바로 나의 수련이었다.

빅터와 커티스와 도미닉과 스네이크 아이를 밸런스 소드 클랜에 가입시킨 다음, 나는 클랜의 사범인 코르시에게 직접 가르침을 받았다.

"동료분들은 보조 사범과 제가 번갈아 가르칠 테니 걱정 놓으셔도 됩니다. 오늘은 저희 클랜의 기본 검술 자세부터 익히고, 내일부터 본격적인 오러의 감각을 깨워낼 생각입니다."

"잘 부탁드립니다."

"그럼 주한 님께 먼저 묻고 싶은 게 있습니다. 혹시 검술을 배우신 적이 있습니까?"

"네. 나이프도 검이라고 친다면요."

나는 허리에 차고 있던 나이프를 가리켰다.

"본격적으로 오래 배운 건 아닙니다. 그럴 시간이 없어서… 어쨌든 별 도움은 안 될 겁니다."

"도움이 안 된다니요? 어째서 말입니까?"

"제가 배운 건 '평범한 인간'을 위한 기술이니까요."

나는 인류 저항군 시절에 특수부대 교관에게 잠시 배웠던 나이프 파이팅의 움직임을 보여주었다.

"이건 '각성하지 않은 인간'들이 서로 근접전을 할 때 유용한 기술입니다. 당장 제 근력이 200을 넘겼으니 딱히 도움은 안 되겠죠."

"오… 재미있는 움직임이군요. 하지만 꼭 그렇지는 않습니다."

코르시는 고개를 저으며 말했다.

"모든 검술은 다 각성 전부터 차근차근 밟아갑니다. 만약 주한 님이 배우신 검술이 각성 전의 기술밖에 없다면, 주한 님 스스로 각성 후에 필요한 만큼 변화해서 쓰시면 되는 겁니다."

"제 맘대로요?"

"무슨 상관이 있겠습니까?"

코르시는 빙긋 웃었다.

"하지만 당장은 저희 클랜의 검술부터 시작하는 게 좋겠습니다. 외람된 말씀이지만, 그래야 제가 가르치기 쉬우니까요."

"알겠습니다. 그럼 장검을 구입해야 합니까?"

"아무래도요. 당장은 클랜에 있는 가검(假劍)을 가지고 하도록 하죠."

코르시는 사범실의 벽에 기대여 있는 날이 없는 두 자루의 검을 집어 들었다.

"그럼 밖으로 나갑시다. 오러 유저 두 명이 움직이기엔 도장이 너무 작으니까요."

*   *   *

밸런스 소드 클랜에는 어지간한 학교 운동장보다 넓은 뒷마당이 있었다.

"도시 한복판에 이런 넓은 운동장이 있다니, 밸런스 소드 클랜은 무척 부유한 모양입니다?"

"솔직히 말해서 가난하진 않습니다."

코르시는 검 한 자루를 건네주며 질문에 답했다.

"저희 클랜은 오러를 다루는 모든 클랜 중에 다섯 손가락에 꼽히는 명문 클랜입니다. 역사가 오래되다 보니 신성제국에도 지부가 있을 정도죠. 그리고 이 운동장은 뱅가드의 경비병들이 훈련을 할 때 임대해 주기도 합니다. 말씀하신 대로 도시에 이런 넓은 공터는 드무니까요. 그럼… 이제 시작해 볼까요?"

코르시는 가볍게 칼을 휘두르며 말했다.

"주한 님은 이미 3단계 오러 유저니, 오러 스킬을 다루는 쪽이 빠를 겁니다. 그럼 먼저 가볍게 오러 소드와 오러 실드로 공방을 나누도록 하죠. 저희 클랜 고유의 검술 쪽은 그다음에 하도록 하고……."

"저는 오러 스킬을 못 씁니다."

"네?"

"저는 오러 스킬을 못 씁니다."

나는 정확히 같은 말을 같은 억양으로 두 번 반복했다.

코르시는 놀란 눈을 깜빡이며 잠시 동안 날 바라보았다.

"…정말입니까?"

"정말입니다. 배운 적이 없습니다."

"노란색 오러를 다루는데도 말입니까? 이것 참… 생각도 못 했군요."

코르시는 놀랐다는 얼굴로 머리를 긁적였다.

"마무사에게 소개를 받을 때 들었습니다. 어디 멀리 있는 깊은 산골에서 오셨다고요. 아… 죄송합니다. 무시하려는 이야기는 아니었습니다. 그냥 좀 놀라서요."

"괜찮습니다. 실제로 세상 물정 모르는 촌놈이니까요."

"눈빛이나 말투는 전혀 아닌 것 같습니다만… 어쨌든 알겠습니다. 그럼 소드 스킬의 기본부터 시작해야겠군요."

코르시는 즉시 주황색의 오러를 일으키며 말했다.

"이미 오러를 다루시는 분이니, 오러에 대한 기본적인 이론은 그냥 건너뛰겠습니다. 먼저 소드 스킬의 기본이 되는 두 가지 기술부터 배우도록 하죠."

"잘 부탁드립니다, 사범님."

나는 고개를 숙인 다음 뒤로 몇 발 물러났다.

오러를 발동시킨 코르시의 기세는 생각보다 위협적이었다. 그는 잠시 심호흡을 하더니, 자신의 칼날에도 오러를 일으켜 보였다.

"이게 오러 소드입니다. 간단하죠? 오러를 발동시켜 육체에 두르듯, 칼에 오러를 두르는 겁니다."

"네, 실제로 많이 봤습니다. 무기에 오러를 두르면 무기의 특성에 따라 절삭력과 관통력이 급증하죠. 무기 자체의 강성도 높이는 효과가 있다고 알고 있습니다."

"잘 알고 계시는군요. 정말로 못하시는 겁니까?"

내가 아는 오러에 대한 모든 지식은 전생에 귀환자를 조사하고 분석하며 얻어낸 정보일 뿐이었다.

나는 고개를 끄덕이며 겸손하게 말했다.

"아직 여러 가지로 부족합니다. 부디 많은 가르침을 주시기 바랍니다."

"물론입니다. 오러 소드는 비교적 쉬우니… 석 달 정도만 배우면 충분히 다룰 수 있게 될 겁니다."

코르시는 발동시킨 오러 소드를 거두며 지시했다.

"먼저 오러를 발동시켜 보십시오."

나는 즉시 오러를 발동시켰다.

우웅!

온몸에 노란빛의 오러가 솟아오르며, 육체적인 모든 능력이 한층 더 강화되는 것이 느껴진다.

코르시는 반사적으로 한 발 뒤로 물러서며 말했다.

"역시 3단계 오러 유저… 압박감이 대단하군요. 그럼 칼은 잠시 내려놓고, 양손을 이렇게 앞으로 내밀어보십시오."

나는 칼을 바닥에 꽂고 양손을 앞으로 내밀었다. 코르시는 자신의 양손에 맺힌 오러를 비교하며 말했다.

"오러를 발동시키면 몸 전체에 동일하게 퍼집니다. 하지만 컨트롤에 따라서 강약을 조절할 수 있습니다. 이렇게요."

그러자 코르시의 왼손에 맺힌 오러의 기세가 사그라지기 시작했다.

우웅!

동시에 오른손의 오러가 좀 더 강하게 일어났다. 나는 비대칭을 이룬 코르시의 양손을 보며 고개를 끄덕였다.

"그렇군요. 그러면 왼손의 오러를 줄인 만큼 오른손에 투입한 겁니까?"

"네. 하지만 여유 오러가 풍부하면 꼭 한쪽을 줄일 필요는 없습니다."

"여유 오러라면?"

"오러 스텟이 50을 넘으면 각성과 함께 오러를 다룰 수 있게 되죠? 이때 컨트롤을 하려면 말씀하신 대로 오러를 배분해야 합니다. 여유가 없으니까요. 하지만 오러 스텟이 60이 되면 10만큼의 여유분이 생깁니다. 어느 한쪽을 일부러 줄이지 않아도 여유분만큼 다른 곳의 오러를 강화할 수 있는 겁니다."

"…그렇군요."

나는 고개를 끄덕이며 생각했다.

'내 오러 스텟은 299다. 250을 넘기고 3단계 오러 유저로 각성했으니까… 그렇다면 49의 여유분이 존재한다는 건가?'

나는 심호흡을 하며 양손의 오러를 조절하기 시작했다.

일단 사범의 예시와 똑같이 왼손의 오러를 줄여보았다.

"…이건 쉽군요."

단순히 발동시킨 오러의 기세를 줄이는 이미지를 떠올렸을 뿐이다. 그런데 정말 왼손에 맺힌 오러가 팍 사그라졌다.

"……."

하지만 코르시는 아무 말도 하지 않았다. 나는 잠자코 오른손의 오러를 강화하기 시작했다.

우웅!

그러자 즉시 오른손에 맺힌 오러의 기세가 강해졌다. 나는 가볍게 웃으며 양손을 좌우로 흔들었다.

"이것도 간단하군요. 그럼 오러 소드를 배울 기본은 갖춰진 겁니까?"

"지금 절 기만하시는 겁니까?"

코르시는 갑자기 눈살을 찌푸렸다.

"오러의 배분은 오러 소드의 기본이 아닙니다. 모든 것이죠. 왜 쓸 수 있으면서 못 쓰신다고 말한 겁니까?"

"아니, 정말로 못 썼습니다."

나는 내민 팔을 거두며 급히 말했다.

"거짓말이 아닙니다. 저는 정말 단 한 번도 오러 스킬을 배운 적도, 사용한 적도 없습니다."

"…정말입니까?"

"정말입니다. 제가 왜 비싼 돈을 내고 쓸데없이 돈 낭비에, 시간 낭비를 하겠습니까?"

설마 이런 걸로 스스로를 항변하게 될 줄은 몰랐다. 코르시는 의심스러운 눈으로 날 바라보다 이내 한숨을 내쉬었다.

"그게 정말이라면… 주한 님은 오러에 천재적인 재능을 타고나신 겁니다. 혹시 나이가 어떻게 되십니까?"

"스물한 살입니다."

"하… 스물한 살의 나이에 3단계 오러 유저면서, 단 하루 만에 오러 소드를 습득할 만큼의 천재라니. 대체 어디까지 올라갈지 상상이 안 가는군요. 과연 이런 분을 제가 가르쳐도 되는 건지……."

코르시의 표정엔 감탄과 허탈이 동시에 섞여 있었다.

나는 쓴웃음을 지으며 화제를 돌렸다.

"오러의 강약을 조절하는 게 오러 소드의 모든 것이라고 하셨죠? 실제로는 어떻게 하는 겁니까?"

"…칼을 다시 쥐십시오."

나는 땅에 박힌 칼을 뽑고 양손으로 쥐었다. 코르시는 고개를 저으며 말했다.

"두 손 말고 한 손으로 쥐세요. 각성 전에는 근력 때문에 양손으로 쥐고 휘둘러야 안정적일 테지만, 각성 후에는 한 손으로도 충분합니다."

실제로 그랬다.

검의 무게는 약 3kg 정도로 무거운 편이었다. 하지만 나는 한 손으로 쥐어도 별다른 무게감을 느끼지 못했다.

'이런 것도 평범한 인간의 고정관념이군. 길이가 1미터나 되는 칼을 한 손으로 쥐고 싸우다니… 확실히 귀환자들은 다들 그렇게 싸웠지.'

"그럼 방금 전에 오러의 강약을 조절했던 것처럼, 칼을 쥔 손에 오러를 강화시켜 보십시오."

나는 즉시 칼을 쥔 오른손에 오러를 증폭시켰다. 그러자 손에 오러의 기세가 강해지며 자연스럽게 칼날 쪽으로 오러가 타고 넘어가기 시작했다.

"아, 이런 거군요."

실제로 해보니 매우 간단했다. 하지만 코르시의 표정은 간단해 보이지 않았다.

"저는 여기까지 딱 두 달 걸렸습니다."

"네?"

"그런데 당신은 2분 만에 해내셨군요."

"…죄송합니다."

"아… 아닙니다. 주한 님이 죄송하실 건 없습니다. 제가 너무 당황한 나머지 실례를 했군요."

코르시는 순간 구겨졌던 표정을 풀며 급히 고개를 숙였다.

"갑자기 오래전의 기억이 떠올라서요. 저는 적성이 괴팍해서 초반에 오러를 수련할 때 고생을 많이 했습니다. 한 3년 정도 말이죠. 갑자기 그때가 떠올라서 기분이 우울해졌던 모양입니다."

"적성이 괴팍하다니요?"

"오러는 다양한 방식으로 높일 수 있다고 말씀드렸죠. 하지만… 저는 주로 '고행'을 해야 오러가 쌓였습니다. 육체를 한계까지 몰아붙이고, 일부러 고통을 받고… 뭐 그런 거였죠."

"고통이라면, 일부러 채찍으로 맞는다든가?"

"채찍이요? 하하… 채찍은 좀 심하군요. 그건 신성제국 방식이죠."

코르시는 너무 갔다는 듯 손사래를 치며 웃었다.

하지만 나는 웃을 수 없었다.

채찍으로 수도 없이 맞아가며 오러를 수련했다는 스텔라의
이야기가 머릿속에서 지워지지 않았다.

                    *   *   *

나는 오러 소드를 2분 만에 터득했다.

그다음으로 오러 실드 역시 5분 만에 터득했다.

"이게 진짜 되는군요."

나는 왼쪽 손등에 맺힌 타원형의 넓은 오러 실드를 보며 감
탄했다.

이론은 간단했다.

오러 소드를 발동시키는 것과 비슷하게 움켜쥔 주먹에 오러
를 증폭시킨다.

차이점이 있다면 '손등'을 중심으로 오러를 집중하며, 그것
을 방패 모양의 얇은 접시로 이미징하는 것뿐이었다.

"말도 안 돼……."

코르시는 손을 뻗어 내가 만든 오러 실드의 윤곽을 더듬기
시작했다.

"이렇게 완벽한 형태의 오러 실드는 거의 못 봤습니다. 제
스승님도 이 정도는 아니었는데……."

"제가 상상하는 건 재주가 있는 모양입니다. 진짜 상상한
그대로 만들어지는군요."

"아니, 이건 단지 그런 문제가 아닙니다. 물론 주한 님의 정신력은 엄청나게 높습니다만… 그보다도 오러에 대한 친화력이 대단한 것 같습니다."

"친화력이요?"

"육체와 오러의 궁합을 말합니다."

코르시는 혀를 차며 뒤로 물러났다.

"세상에는 아무리 높은 오러를 쌓아도, 그것을 제대로 활용하지 못하는 사람이 있습니다. 친화력이 떨어지는 거죠. 반대로 친화력이 높은 사람은 자신의 손발처럼 자유롭게 오러를 다룹니다. 물론 저 같은 평범한 사람도 장기간의 반복 수련을 통해 어느 정도 친화력을 높일 수 있습니다만……."

코르시는 한숨을 내쉬며 고개를 저었다.

"아무튼 놀랐습니다. 제가 좀 전에 오러 소드를 익힐 때까지 두 달이 걸렸다고 했죠? 오러 실드는 여섯 달이 걸렸습니다. 그것도 테두리가 지저분한 넝마 같은 오러 실드였는데도 말입니다."

"형태에 따라 방어력에 차이가 있습니까?"

"네? 아, 물론입니다. 형태가 균등하고 윤곽이 깔끔할수록 높은 방어력을 가집니다. 같은 양의 오러를 투자해도 말이죠. 그러면 이 기세를 몰아 오러 슈트(Aura shoot)도 배웁시다…라고 하고 싶습니다만."

코르시는 헛기침을 하며 자신도 오러 실드를 만들어냈다.

"오늘은 우선 새로 배운 두 기술을 사용하는 훈련을 하는 게 좋겠군요. 제가 먼저 오러 소드로 공격을 하겠습니다. 주한 님은 실드로 공격을 막아주십시오. 그다음은 주한 님이 같은 방식으로 저를 공격하시면 됩니다. 물론 근력의 차이가 심하니 최대한 살살 공격해 주시면 감사하겠습니다."

"알겠습니다."

나는 오러 실드가 맺힌 왼손을 위로 들어 올리며 고개를 끄덕였다.

"그럼… 시작합니다."

코르시는 펜싱의 기본자세와 비슷한 자세를 취했다. 그리고 손에 쥔 칼을 상단으로부터 정확히 아래로 내리 그었다.

나는 오러 실드로 그것을 막아냈다.

파지지직!

충돌 순간 강렬한 소음과 함께 빛의 파편이 사방으로 튀어 올랐다.

파편의 색은 대부분 나의 오러인 노란색이다.

'코르시는 2단계 오러 유저고 나는 3단계다. 이렇게 서로의 힘이 차이가 나도 공격하는 쪽이 훨씬 유리하군.'

"자, 그럼 똑같은 자세로 절 공격하시면 됩니다."

코르시는 몸을 살짝 빼며 오러 실드를 위로 치켜들었다. 나는 고개를 끄덕이며 코르시의 자세를 흉내낸 다음, 최대한 가볍게 칼을 내리 그었다.

충돌 순간, 마치 고압 전류가 스친 듯한 맹렬한 소음이 사방으로 터졌다.

파지지지지지지지직!

동시에 불꽃놀이라도 하는 것처럼 빛의 파편이 사방으로 튀어 올랐다.

대부분이 코르시의 주황색 오러였다. 그는 방어 직후에 헉 소리를 내며 뒤로 물러났다.

"자, 잠시만요, 주한 님! 최대한 살살 공격해 주십시오! 방금 그 일격으로 제 오러 실드가 반쯤 나가 버렸습니다!"

실제로 코르시의 실드는 형태가 일그러진 상태였다. 나는 내민 칼을 거두며 멋쩍은 표정을 지었다.

"자랑하려는 건 아닙니다만… 방금 정말 가볍게 휘두른 겁니다."

"아니, 가볍게 휘두르면 안 됩니다!"

"네?"

"가볍게가 아니라 살살… 휴, 이것 참. 이러니 천재는 상대하는 게 괴롭군요."

코르시는 골치 아프다는 얼굴로 고개를 저었다.

"억지로 힘을 쓰는 대신 어깨에 힘을 빼고, 무리 없이 가볍게 휘두르면 그것만으로도 강력한 힘이 생깁니다."

"아……."

"목표에 검이 닿는 임팩트 순간에 흔들림이 적어지니까요.

그렇게 되면 칼날에 담긴 힘이 대부분 목표로 전달됩니다. 보통은 이런 스트로크(Stroke)를 익히기 위해 수천, 수만 번의 반복 훈련을 합니다만, 당신은 이미 그게 자연스러운 모양이군요. 힘은 주는 것보다 빼는 게 훨씬 힘듭니다."

내가 한 거라곤 그저 어깨에 힘을 빼고 가볍게 검을 휘두른 것뿐이다.

그런데 반응이 너무 격렬했다. 나는 쓴웃음을 지으며 어깨를 으쓱였다.

"그러면 어떻게 할까요? 억지로 힘을 세게 준다던가?"

"절 죽일 작정입니까!"

코르시는 몸서리치며 소리쳤다.

"그냥 적당히 툭 끊으면서 휘두르세요! 아니… 아니다. 괜히 그러다 좋은 자세 망치겠군요. 괜찮습니다. 그냥 방금 그대로 계속하셔도 됩니다. 대신 제가 좀 더 집중하겠습니다. 이대로 30분만 훈련하면 제 오러가 바닥까지 떨어지겠지만 상관 없습니다."

코르시는 각오를 굳힌 듯 다시 자세를 잡았다. 나는 일단 방어 자세를 취하며 물었다.

"괜찮겠습니까? 저 하나 수련시켜 주시느라 오러를 전부 써 버리셔도?"

"이미 돈은 받았으니까요. 계약은 계약입니다."

코르시는 집중한 얼굴로 검을 휘둘렀다.

그렇게 열 번의 공방이 이어졌다.

"잠시만요! 10분만 쉬고 합시다! 제가 못 견디겠습니다!"

코르시는 녹초가 된 얼굴로 뒤로 나가떨어졌다. 나 역시 심호흡을 하며 고개를 끄덕였다.

"네. 저도 이제 숨이 차는군요."

특별히 대단한 일을 한 것 같지는 않다.

하지만 꽤나 힘이 들었다. 나는 바닥에 주저앉은 코르시를 보며 물었다.

"그런데 사범님, 이런 단순한 훈련을 해도 오러의 최대 스텟이 높아집니까?"

"후우… 후우… 네? 아, 네. 물론입니다."

코르시는 지친 표정으로 날 올려 보며 말했다.

"주한 님은 지금까지 명상을 통해 오러를 쌓았다고 하셨죠? 그렇다면 명상을 제외한 거의 모든 훈련이 도움이 됩니다. 아, 어쩌면 당분간은 변화가 없을지도 모르겠군요. 주한 님의 육체가 이미 한 가지 방법에 익숙해졌을 테니까요. 하지만 걱정하실 필요는 없습니다. 저 역시 다양한 방법으로 당신의 오러를 깨울 테니까요. 괜히 저희 클랜의 이름이 '밸런스'겠습니까?"

"모든 훈련이 도움이 된다면… 혹시 마물을 잡는 건 어떻습니까?"

나는 사막에서 샌드 웜을 잡던 기억을 떠올렸다. 코르시는 얼굴에 흐르는 땀을 닦으며 대답했다.

"마물 사냥은 좀 더 직접적으로 빠르게 오릅니다. 자신과 비교했을 때 너무 약한 마물은 거의 안 오릅니다만, 자신과 비슷하거나 더 강한 마물을 사냥하면 확실하게 오릅니다."

"사냥한 직후에 오러가 상승한다는 말입니까? 예를 들어 샌드 웜 같은 걸 잡으면?"

"샌드 웜이라면 확실히 오를 겁니다. 이건 제가 친한 헌터에게 들은 이야기입니다만… 2단계 오러 유저인 헌터가 가까스로 샌드 웜을 잡았는데, 잡자마자 오러의 최대 스텟이 2나 상승했다고 합니다."

2가 높은 스텟이라는 생각은 안 들었지만, 그건 분명 내가 특별하기 때문이다.

중요한 건, 나는 샌드 웜을 잡아도 오러가 오르지 않았다는 것이다.

아무래도 단기간에 올릴 수 있는 오러의 총량을 명상으로 전부 올려 버렸기 때문일 테지.

"…그렇다면 마물을 사냥하는 것도 확실히 좋은 수련이 되겠군요?"

"물론입니다. 위험해서 그렇지 효과는 무척 좋습니다. 참고로 저희 수련의 최종 수련 과정에도 마물 사냥이 있습니다."

"그렇군요. 알겠습니다."

나는 즉석에서 다시 한 번 사막으로 사냥을 나갈 계획을 잡았다.

어차피 오러를 수련해야 한다면, 함께 돈도 벌 수 있는 방법이 바람직할 것이다.

잠시 휴식하던 코르시는 다시 일어나 새로운 훈련을 시작했다.

그렇게 순식간에 두 시간이 지나갔다.

훈련이 끝났을 때, 코르시는 운동장 한복판에 큰 대자로 뻗어 탈진한 상태였다.

내가 그에게 준 건 고작 월비인 40씰뿐이었다. 하지만 그는 성심성의껏 자신이 가진 모든 것을 불살랐다.

"오… 오늘 수고하셨습니다. 수업은 주 3회 있으니 내일모레 다시 오시면 됩니다."

코르시는 갓 태어난 동물처럼 다리를 후들거리며 억지로 몸을 일으켰다.

나는 죄책감마저 느끼며 고개를 숙였다.

'다음에 올 때는 먹을 거라도 잔뜩 사와야겠군……'

『리턴 마스터』 3권에 계속…